U0944875

古典诗词的体式韵律及其运用

刘叔新　著

商务印书馆国际有限公司

中国 · 北京

图书在版编目（CIP）数据

古典诗词的体式韵律及其运用 / 刘叔新著. — 北京：商务印书馆国际有限公司，2017.6（2018.1 重印）

ISBN 978-7-5176-0420-4

Ⅰ. ①古… Ⅱ. ①刘… Ⅲ. ①古典诗歌 - 诗词研究 - 中国 Ⅳ. ①I207.2

中国版本图书馆 CIP 数据核字（2017）第 092318 号

古典诗词的体式韵律及其运用

GUDIAN SHICI DE TISHI YUNLÜ JIQI YUNYONG

著 作 者 刘叔新
责任编辑 解洪科
责任校对 王朝晖
封面设计 皓 月
出版发行 商务印书馆国际有限公司
地　　址 北京市东城区史家胡同甲 24 号（邮编：100010）
电　　话 010 - 65592876（总编室） 010 - 65122489（编辑部）
010 - 65598498（市场营销部）
网　　址 www.cpi1993.com
印　　刷 三河市紫恒印装有限公司
开　　本 787mm × 1092mm 1/32
字　　数 132 千字
印　　张 8.25
版　　次 2018 年 1 月第 1 版第 2 次印刷
书　　号 ISBN 978-7-5176-0420-4
定　　价 38.00 元

目　录

序

2016年8月1日凌晨，吾师刘叔新先生在其津门寓所于睡梦中辞世，享寿八十有二。惊悉噩耗，我们纷从各地迅即赶到天津，赶来南开。悲痛之余，我们检获了先生遗稿。惜大作未竟，但风貌已呈。

如所周知，作诗填词，遵守平仄等格律，是题中应有之义。但是经常见到现代人创作的一些诗词作品，有的为迁就形式而破坏了内容，以辞害意；有的诗词内容甚好，但格律不合，以文害辞。以辞害意，无法使内容得到准确、完整、顺畅的传达，“以此自桎梏，信为大谬人”（白乐天诗）；以文害辞，没有一个完美的形式作为内容的载体和依托，“言而无文，行之不远”（庾开府语）。诗歌的这种形式和内容的关系，闻一多先生曾形象地称之为“戴着镣铐跳舞”。如何处理好平仄律则与内容意境的关系，如何正确理解诗歌形式服从于内容意境，先生这部遗稿对此的论述饶有意趣。先生首先论述了平仄律则的重要性，之后也举出古人诗歌中连连重拗的若干例证，以此说明出语自然，即使重拗，亦属佳联，古今传诵。但是话锋再转，先生又说："当然，这绝非意味着，平仄律则无用，可以撇开不顾。句有重拗而作品仍能站得住甚至享誉于世，是个别特殊的情形，主要是由作者才情腾涌所决定的，一般写诗者不能也不应加以效法，而随意不遵从平仄通则。犯了重拗而任由之，也毕竟是作品的疵点。如果没有这样的缺点，或者通过补救而消除了该缺点，作品自然更为美好。"之后，先生语重心长地告诫一般读者："平仄通则是形成诗歌韵律美的一个重要因素。诗歌具有韵律美与不具韵律美，是大不一样的。写作者在致力于内容意境好的同时，不应忘记还要求得韵律美。这就是说，对遵守好平仄律则，应给予适当的重视。不可轻易犯重拗；实在难以避免犯重拗时，应设法作补救而消除它。"叔新先生对诗歌形式和内容要兼顾、须兼擅的这种意见，对现代年轻一代的诗词作者有重要的指导意义。书稿中以大量诗词作品来证平仄律则等形式的重要性，也展示了平仄律则之美，分析了平仄律则的误例。值得注意的是，所引的诗词作品，多出自现代人之手。先生这样做，似乎也在说明：诗歌传统赓续，代有传人。

书稿对一些文学作品体式的归类，表现出先生独到的见解。如联句（对联），有诗歌集子也将其纳入其中，给人的感觉仿佛它也属诗歌一类似的。叔新先生指出："联句的前联和后联，句数相同，对应的句讲对仗，句的字数、结构都一致而平仄相反：这些使联句酷似律诗的颔联或颈联，而逼近于近体诗。但是联句不存在押韵现象，所以它并不是诗，只能算一种介于诗歌与散文之间的独特文学体裁。"联句归类，历来纷乱。如今先生以其不存在押韵现象而断言其不是诗，一语定乾坤。再如，六言四句，押平声韵的诗作（如王维《田园乐》，王安石《题西太一宫壁》），作者认为："像是七绝、五绝疏远的同宗弟兄，不妨称之为六绝。""六绝"名目的提出，也使此类六言诗得到了一个比较恰当的归属。书稿对于现代新的韵部划分，建立适于现代传统诗词创作使用的统一用韵、押韵依据，提出了三原则，也都分析中肯，说理透彻，论述充分，值得重视。稿中拟设了一个二十韵部的韵部表，对于诗歌创作者循此赋诗或有助益，对于现代人的韵部整理工作，也有一定的参考价值。书稿还对诗词创作中应注意的用词和语法特点问题做了分析。

总之，这部遗稿，是刘叔新先生数十年在诗歌韵律方面所做精心研究的一项重要成果，也是近些年来难得一见的佳作。相信出版后，不但对诗词爱好者来说是必备的参考书，对诗律、诗韵研究者而言也富有启发意义。

先生的学问，我高山仰止；先生的品德，我敬慕钦仰。我受出版社委托为先生遗著作序，未免惴惴不安。为弘扬先生的学术思想，让先生的著作流布更广，为更多的人所知晓，思虑再三，我终于鼓起勇气，边研读老师的遗作，边试写点儿学习心得。谨以我的这点儿心得，如作业卷呈给九泉之下的先生，望先生不以为忤，能够海涵。

周　荐

于澳门氹仔濠庭都会斗室

第一章　基本概念和体裁类别

第一节　几个基本概念

在系统谈论之前，先要把几个最常使用的基本概念弄清楚。它们是：体式、诗句、平仄、押韵。

体式，简单、概括地说，就是体裁格式。指诗歌本体的各种构造形式和结构规则。

诗句，指诗歌的一句，是诗歌的基本构造单位。诗句与诗句之间，必有明显的停顿隔开；但是诗句并不与言语中意思完整、以停顿（在书面上就是句号）表示终结的句子相等同：它可以相当于任何以逗号隔开的句子片段——分句或需要末了稍停顿一下的句子成分，也可以相当于一个不长的、完整的句子（最常相当于分句）。近代欧美诗作的中译以及新诗的出现，把另一个与“诗句”相近而彼此纠缠不清的概念——“诗行”引进了中国诗界，此后就存在一个把二者的关系搞清楚的问题。现代之前，传统诗歌在书面上，同散文一样，是句句相连的，不分开来一句一行地排列。新诗实行了以行而非以句为单位的分行排列式，行中可有不同的句（包括分句），一句又可跨不同的行。二十世纪五十年代，传统诗歌也开始吸收分行排列的做法，不过是让诗行绝对对应于诗句，在书面上一句一行地排列。这就实际上消除了诗句与诗行的差别，合二为一，很好地解决了互相干扰纠缠的问题。不过如今在新诗方面，大体仍以行作出发点和中心，允许出现多句行和跨行句，诗行与诗句的概念远未统一。这种观念上、实践上与传统诗歌的不一致，只有待新诗未来的改革予以消除。

平仄，指汉语声调的两大类及其相互关系。汉语每个字的读音都是带一定声调的音节。南朝齐时，沈约发现当时汉共同语有四个不同的声调：平声、上声、去声、入声。这就是所谓四声。四声从此被应用到作诗的道法里。在诗法和音韵学中，四声被划分为两大类：平声和仄声。平声，音调保持一定的高度或者只有些小升高或降低，平稳或较平稳地进行，纯净乐音的特性明显。中古直至现代，平声分出阴平、阳平两类，一般阴平的音调是保持一定高度的。仄声，是上声、去声和入声的统合类，都不是在一定的或只有些小升降的高度上进行：上声由较低甚至很低升至较高，去声由高掉落至低，入声受塞辅音阻截而音调短促、突然截止。所以仄声都是非平稳进行的调，有噪音成分。所谓“仄”，就是“侧”，不平正，与“山道险仄”的“仄”同样的意思。诗句一个音步（由两个字音构成）是平声，接着的一个音步是仄声，然后又回到平声，如此平仄相间地连贯起来，不仅使音调富于变化而避免单调，更重要的是可形成循环反复的节奏。所以从南朝齐梁时起，传统诗歌开始重视诗句一定的平仄安排，使平仄起重要的格律作用。须要注意的是，由于共同语和北方绝大多数方言到元代时，入声已分别转变到平、上、去里而实际上消失，曲以及现代的新诗所用到的仄声，其内涵就有了变化——只包括上声和去声。

押韵，又称协韵，指使得诗句末字的韵彼此一致①，以造成音韵上的谐美和节奏。这里的“韵”，并不等同于韵母，它只含韵母的主要元音和尾音（如果这韵母有尾音的话）这两部分，不包括主要元音前的介音。例如“猜”的韵母是 - ai，“乖”的韵母是 - uai，彼此不同；但是“猜”“乖”两字却同韵——都是 ai 韵，若两字分别用于相邻近诗句之末，就是押韵现象。

第二节　现代传统诗歌的体裁类别

从《诗经》的作品发展至清末民初的诗歌，三千年间，出现过不少诗体类别。其中有的已不为现代人所采用，绝大多数则至今仍在不同程度上保持其生命力。现在还活着的传统诗歌体裁，就大类来说，就是近体诗和古风诗、

---

① 这“一致”不是严格的，容许包括主要元音彼此相近、或这种相近加上尾音相同或者相近、或仅只同有尾辅音发音气流遭阻截的特点等情形，即两韵类近或接近一致。所以只要两韵被规定相通，就可用分属这两韵的字来押韵。

内中只留有半数小类别的古体诗，以及词和散曲。①

近体诗是最常见、最普遍为现代人们用于写作的传统诗体大类，在传统诗体中占有最重要的地位。它之称为“近体”，是唐宋人时代意识的反映。在唐宋人看来，晚近时期流行的诗体，与古远时期质朴的那类大不相同，因而强烈比照地称之为近体，而把古远时期的诗体统归为古体。近体诗的主要特征，是讲究诗句内平仄的一定安排以及相邻诗句平仄间的一定关系。另外，诗句字数整齐一定，诗句皆偶数，也是它的特点。

近体诗包含两个低一层次的体裁类别：律诗、绝句。律诗按照诗句字数，划分出更低层次的七律和五律；按照句数来划分，分出同属第三层次的一般律诗、排律、小律。律诗的特征，是要求有相邻诗句的对仗。绝句的“绝”，一般的解释，是“截”的意思，绝句即

---

① 这里不能还包括“乐府诗”，因为乐府诗并不是诗本身的一种体裁类别。虽然它早期指政府音乐机构采集来并对之加工过的民歌，后来却泛指来自民间和士人创作的、配有一定曲调的诗歌——包括古体诗、近体诗、古风诗等各种不同诗体。比如，李白的《将进酒》《清平调三首》，尽管在《唐诗三百首详析》（喻守真编注）里被同归入乐府诗，可是诗界历来都确认前者是古风诗的七古，而后者则为近体诗的七绝。

截句，这种短小的诗体是截取一般律诗半数诗句而成的。它不再要求一定要有对仗。按照诗句的字数，绝句一般分为七绝和五绝两类。实际上还存在另一类比较特殊、甚为稀少的绝句——六绝。通常提到绝句时，都不会把它考虑进去。

古体诗，是先秦、汉魏时民歌和文人诗歌的诗体大类，包括多种体裁类别：以《诗经》作品为代表的四言古体，以《楚辞》特别是其中的《离骚》为代表的骚体，部分汉乐府诗歌的杂言体，以《古诗十九首》及曹植、嵇康、阮籍等人作品为代表的五言古体，汉武帝时出现的全为七言句、句句押韵、句数不限的柏梁体，汉代民歌中偶见的三言体等。古体诗的共同特点是：诗句多少没有一定，句的字数大多整齐，有的不绝对划一；依口语音韵押韵；除此而外，造语纯任自然。

到了现代，不时仍可见到时人写的四言古体诗，骚体和三言体虽已极少使用，但都并未消亡，仍偶有用之写作的诗歌发表出来。只是柏梁体、五言古体和杂言体，其生命力俱已消失。从“五四”时期以来，已极难见到全诗七言句连着押同一韵的柏梁体。现代人若仿写古色古香的古体五言诗，实际上都按照古风诗的五古体式来写；若要写句子字数不整齐划一的诗，也干脆照古风体可掺有少量三言、五言句或九言、十一言句的七古样子来写，或照可少量掺入三言、七言句的五古样子来写。

从古体诗向近体诗演变发展的过程中，出现过一种初步讲求诗句平仄适当安排规则的过渡性诗体——齐梁体，是南朝齐梁时四声被提出来后应运而生并流行起来的。它主要讲求避免诗中出现“四病入声”——诗句平仄不恰当安排造成的不谐美后果，尚未明确提出正面的平仄恰当安排规则。进到陈隋间，齐梁体终为近体所取代。此后，诗界再没有人使用齐梁体来写诗。所以，齐梁体只是古代一定时期存活过的诗体，不入现代人可以运用的现实传统诗体之列。

至于古风诗，尽管类近于五言、七言的古体诗，却不是直接从古体诗发展出来的。它是唐代近体诗兴起后出现的新诗体。那时，诗人们近体诗写得多了久了，又仰慕起古体诗朴实自然的诗风来，就写出一种保留古体诗大部分特点，同时带上近体诗部分平仄规则要求的新体诗。它被称为古风诗。古风体包含五言古风——被省称为“五古”——和七言古风——被省称为“七古”，也称“歌行”——两种体裁，都从唐代起，为历代诗界所用，直到如今。

在近体诗流行了百年左右时，出现了另一种新体裁——词。它在唐代的发展初期，作品还较稀少，且只限于篇幅短小之作。到了五代，才全面发展成熟。两宋时期，它发展到繁荣隆盛的顶峰。此后历经元、明、清而至现代，都一直是很受人们喜爱的诗歌体裁，不断涌现大量作品。它比近体有更严格的诗句平仄格式规定，押韵规则也复杂一些；但是句有长短变化，用词造语接近口语，活泼生动而能含蓄蕴秀。

每种体式的词，都以其据某个曲调而初作出者的格律为准则，并以该曲调之名为名目——就是所谓“词牌”。每个词牌的格律都须如样遵行，显出词体的强度束缚。有的懂音乐的诗人，自作曲调，并按这曲调配上词句，摆脱了许多束缚；不过仍遵守词的某些格律定则，保留住词的风味。这就推出不同于一般词的特殊词体——自度曲。晚近笔者以为，自度曲“于词中之地位，固类于新诗之于旧体诗，诚可称之为‘新词’”①。

① 舒辛《韵缕——亚欧吟草·自序》，第6页，天津古籍出版社，1999年。

长期以来，词的使用普遍性之强，受人们喜爱程度之高，都可与近体诗相伯仲。实际上，它同近体诗一起，成为传统诗歌体裁的重心。

元代兴起的杂剧，孕育出一种诗歌新体裁——散曲。杂剧每一折里的人物唱词，都是一首首有某种宫调曲乐的歌，因此杂剧被称为元曲。杂剧主体部分的歌，被编成一组一组集有各种宫调曲乐的“套数”；在“套数”之外零散孤单存在的单一宫调的歌，便是散曲。诗人们喜欢离开戏剧，只按照散曲的宫调和格律创作诗歌作品。其结果，散曲就成了一种相对独立的诗歌体裁。可是后来，杂剧的曲乐失传了，散曲的创作沦为只依据原曲作品的格律来填写字句。由此，失去曲乐的基础和特质，较快走向荒落。到明代，散曲（就主要的北曲而言）已很少人写作。现代，已不能认为曲仍占有诗歌创作中一种体裁的位置。

总起来说，现代人们写作传统诗歌，可以应用的体裁种类是不少的：总共有十二种。见下表：

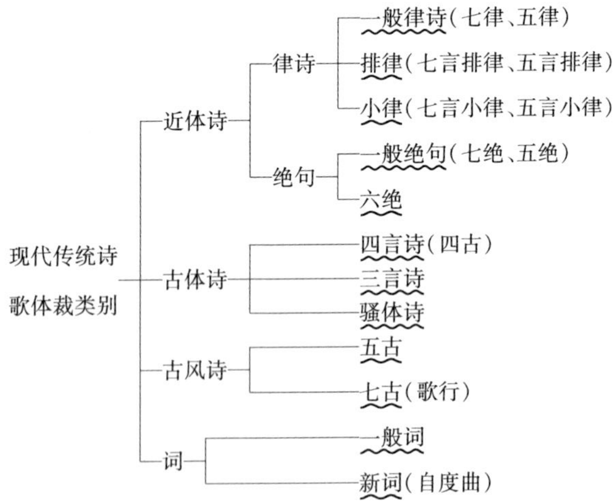

下面，需要按大类，分章细述不同体裁的体式和用韵情况。

第一节　律诗的体式

近体诗的体式，几乎完全体现在律诗上。了解律诗的体式，再加上了解绝句独有的小小部分，就等于全面了解近体诗的体式情况。

律诗的体式，包含四个方面的设定安排：1. 诗句句数、字数和音步，诗句与诗句的组联；2. 标题、加序、附注；3. 诗句平仄体制；4. 对仗。后两方面都很复杂，须要分别放到第二、第三节来谈；本节只谈前两方面。

只要不是长律或小律，律诗的诗句总

应是八个。七律每句七字，五律每句五字，也是固定的，不能随意增减。这样，律诗在书面上一句一行排起来，行与行、字与字对齐，可以形成整齐美观的长方队阵；诵读起来，句句有同样的节拍：因为每两字成一拍——也就是一个音步，句末一字占一拍（实占半拍而后空半拍），这会形成整齐的回环节奏。

句数与诗句字数的整齐、一致及其佳良效果，极利于安排和凸现句与句的对称关联。八个诗句，其中的奇数句与相邻的偶数句，两个两个分别成一对应句组。它称为“联”。一般律诗的四联，依次称作首联、颔联、颈联、尾联。每联前一句称出句，后一句称对句。出句和对句，在意义上是比较紧凑地相连接的：往往是一个完整句子的前后两个分句；不是这种情形时，也是一个意思段落内前后呼应或关联密切的两句话。换一个角度来说，联内出句和对句之间，不会有意思的跳脱；而不同的前后联之间，则是意思上跳脱开（或不紧相贯连）比较适合出现之处。每联出句—对句之间与前联对句—后联出句之间，有不同的平仄对应关联；颔联、颈联的出句与对句，还形成对仗的关系（这都详见第二、第三节）。

律诗的标题，都就诗的意义内容而定。诗体名一般无须列入标题内。诗题的长短虽然不拘，应以较短而精警者为上乘，长度最长一般不宜超出一行。如有需要，可以设序，置于标题下方。序的文字，以只是简短的一两句话或三五句话为常见；如确属达意需长，也可长到好几行字。例如：

春日偶成

吴柏森

1944 年初中二年级国文课上作。

东风来去总姗姗，
嫩柳才黄雪意残。
细雨轻雷惊午梦，
沉云薄雾酿春寒。
声声杜宇啼红野，
点点游鳞下碧滩。
极目江山无限意，
小楼临眺独凭栏。

（录自王成纲主编《华夏吟友》，第 30 页，中国文联出版公司，1995 年）

挑 山 行

陈骧龙

甲子登泰山，屡见挑山工，是有此吟。

世路何曾半尺平，
双肩一担两峥嵘。
乱欹危石奇称景，
不靠仙人自有名。
野径如梯时上下，
闲云似雾乍阴晴。
前程莫谓峦峰险，
肯向人间负重行。

（录自王成纲主编《华夏吟友》，第 87 页，中国文联出版公司，1995 年）

秦州二十咏（选二）

袁第锐

戊寅暮春，应举鹏、晓峰及蕴珠约，与师竹、维东赴秦州小住，传明、雨涵及拙荆偕行。其间偶事吟哦，率成五律二十首，皆依少陵《秦州杂诗》原韵。句虽鄙俚，亦鸿爪也，因录存之，以就正于方家。

未觉春光老，
驱车作壮游。
笑谈名士恨，
契阔美人愁。
好鸟知迎夏，
新蝉不识秋。
浮生原是梦，
倏忽此淹留。

秦州犹有寺，
蹇帝已无宫。
光武仍飘忽，
刘玄业竟空。
西城谁护主，
南郭咽悲风。
世事如泾渭，
千秋各向东。

（录自霍松林主编《近五十年寰球汉诗精选》，第653页，三秦出版社，1999年）

第二节　律诗平仄体制

近体诗的每个诗句都规定要有一定平仄安排。这不但是律绝体式上的一个重要特点，也是形成律绝韵律的一个方面的因素：因为一定平仄的相间安排及同异对应安排，会形成诗句规则的而又有变化的节奏音律。

我们的汉语，有着可造成诗句优美音律的天然资源——音节的声调。是我们诗界了不起的祖宗们，发现和巧妙地利用这种资源，创造出了近体诗的平仄体制。这个体制无疑是今天我们要承用下来并高度肯定的。

诗句平仄体制，比较全面完整地运用在律诗身上。了解了它在律诗上的体现面貌，绝句中的体现情形也就基本清楚。

律诗八句平仄规则性的安排，七律两式，五律两式，共为四式：

七律

A 式——首句平起、首句入韵或不入韵式：

平平仄仄仄平平/平平仄仄平平仄

仄仄平平仄仄平

仄仄平平平仄仄

平平仄仄仄平平

平平仄仄平平仄

仄仄平平仄仄平

仄仄平平平仄仄

平平仄仄仄平平

B 式——首句仄起、首句入韵或不入韵式：

仄仄平平仄仄平/仄仄平平平仄仄

平平仄仄仄平平

平平仄仄平平仄

仄仄平平仄仄平

仄仄平平平仄仄

平平仄仄仄平平

平平仄仄平平仄

仄仄平平仄仄平

五律

C 式——首句平起、首句不入韵或入韵式：

平平平仄仄/平平仄仄平

仄仄仄平平

仄仄平平仄

平平仄仄平

平平平仄仄

仄仄仄平平

仄仄平平仄

平平仄仄平

D 式——首句仄起、首句不入韵或入韵式：

仄仄平平仄/仄仄仄平平

平平仄仄平

平平平仄仄

仄仄仄平平

仄仄平平仄

平平仄仄平

平平平仄仄

仄仄仄平平

这里，平仄的安排显出规律性的地方，共有四个：

（一）七律每句前四字，不是平平仄仄，便是仄仄平平；对句前四字的平仄与出句前四字的相反。但是从颔联起，联中出句前四字的平仄与上一联对句前四字的相同。五律每句前二字，不是平平便是仄仄；对句前二字的平仄，与出句前二字的相反；而从颔联起，联中出句前二字的平仄与上联对句前二字的相同。对句与出句这种平仄相反的关系，称为“对”；后联出句与前联对句的平仄相同关系，称为“黏”。对和黏，是律绝必须都有的表现。

（二）七律、五律每个诗句的后三字，不能出现平平平、仄仄仄的形式，而宜是仄平平、平仄仄、仄仄平或平平仄。

（三）诗句中不能连接着出现四个平声字或四个仄声字。

（四）诗句除去平声韵脚字和句首平声字外，不能只出现一个平声字。那种情况被称为“孤平”，是写近体诗在平仄表现上很忌讳的。

以上四种规律性的表现，是正则。另外还有变则的规律。

凡不依正则的规律，改变诗句任何一字正则确定的平仄，就是犯拗。不过拗有轻有重。

就奇数字说，七言句首字，“平平仄仄仄平平”式句、“平平仄仄平平仄”式句和“仄仄平平平仄仄”式句的第三字，五言“仄仄仄平平”式句、“仄仄平平仄”式句和“平平平仄仄”式句的第一字，改变其平仄，都是很轻的拗。这种拗轻到不算回事儿，以至也可排除在拗的范围之外；写诗者大可不避，用不着做任何补救。

至于七言“仄仄平平仄仄平”式句的第三字，五言“平平仄仄平”式句的第一字，却不能把平改为仄：因为这样就犯“孤平”的重拗。诗人务须避免犯这样的重拗；否则，应当以相应位置的字的平仄做补救。

奇数字剩下的七言句第五字、五言句第三字（七言句的第七字、五言句的第五字，除首句入韵者必为平声外，奇数句末字为仄声，偶数句末字为平声，都是固定不能改变的，没有变动的问题，所以这里不提这两个奇数字），改变其平仄，亦犯拗。其中，七言“平平仄仄仄平平”式句第五字、五言“仄仄仄平平”式句第三字，改仄为平，会造成典型的三平调，五言“仄仄平平仄”式句第三字改平为仄，会造成孤平，犯拗都极为严重。故历来诗家都避开它们，贸然这样犯拗的很是少见。① 今天，近体诗写作者亦宜注意不要这样犯重拗。其他七言平仄式句和五言平仄式句分别的第五字、第三字，改变平仄，有的（“仄仄平平平仄仄”式、“平平平仄仄”

① 像李商隐名作《锦瑟》首联对句“一弦一柱思华年”，没有避开典型的三平调，王维《辋川闲居赠裴秀才迪》尾联出句“复值接舆醉”，没有避开孤平拗，就都是偶然一见的。

式）须将其后字的平仄也加以改变来补救，有的（“仄仄平平仄仄平”式、“平平仄仄平平仄”式、“平平仄仄平”式）则可以不救，这都成了习惯的通则。例如：

七言“仄仄平平平仄仄”式句第五字平变仄，以改第六字仄为平作救：

已忍伶俜十年事，强移棲息一枝安。

（杜甫《宿府》尾联）

巫峡啼猿数行泪，衡阳归雁几封书。

（高适《送李少府贬峡中王少府贬长沙》颔联）

为问元戎窦车骑，何时返旆勒燕然？

（皇甫冉《春思》尾联）

千载琵琶作胡语，分明怨恨曲中论！

（杜甫《咏怀古迹》五首其三尾联）

五言“平平平仄仄”式句第三字平变仄，以改第四字仄为平作救：

情人怨遥夜，竟夕起相思。

（张九龄《望月怀远》颔联）

明朝望乡处，应见陇头梅。

（宋之问《题大庾岭北驿》尾联）

寒山转苍翠，秋水日潺湲。

（王维《辋川闲居赠裴秀才迪》首联）

故人具鸡黍，邀我至田家。

（孟浩然《过故人庄》首联）

溪花与禅意，相对亦忘言。

（刘长卿《寻南溪常道士》尾联）

七言“仄仄平平仄仄平”式句第五字仄变平，虽拗而可不救：

积雨空林烟火迟，蒸藜炊黍饷东菑。

（王维《积雨辋川庄作》首联）

凤凰台上凤凰遊，凤去台空江自流。

（李白《登金陵凤凰台》首联）

花近高楼伤客心，万方多难此登临。

（杜甫《登楼》首联）

朝闻游子唱离歌，昨夜微霜初渡河。

（李颀《送魏万之京》首联）

七言“平平仄仄平平仄”式句第五字平变仄，拗而可不救：

披衣倒屣且相见，相欢语笑衡门前。

（王维《辋川别业》尾联）

嗟余听鼓应官去，走马兰台类转蓬。

（李商隐《无题》尾联）

野凫眠岸有闲意，老树着花无丑枝。

（梅尧臣《东溪》颔联）

夜来过岭忽闻雨，今日满溪俱是花。

（郑獬《春尽》颔联）

五言“平平仄仄平”式句第三字仄变平，虽拗而可不救：

古木无人径，深山何处钟？

（王维《过香积寺》颔联）

北土非吾愿，东林怀我师。

（孟浩然《秦中寄远上人》颔联）

曲径通幽处，禅房花木深。……万籁此俱寂，惟闻钟磬音。

（常建《题破山寺后禅院》颔联、尾联）

谁见汀洲上，相思愁白蘋！

（刘长卿《饯别王十一南游》尾联）

把上述的正则和变则统合起来，可以看出，平仄句律对诗句奇数字（句末的除外）的要求，有不少放宽变通之处，而对于偶数字则十分严格。因应于此，俗传有所谓“一三五不论，二四六分明”的说法。这虽然多少符合基本倾向，却是存在很多谬误的。事实上，只是七律诗句的第一字可“不论”其平仄，五律“平平仄仄平”式句第一字的平仄就不能不论。至于第三字，七律“仄仄平平仄仄平”式句，五律的“仄仄仄平平”式句、“仄仄平平仄”式句和“平平平仄仄”式句，都不能不论。而第五字，七律的“平平仄仄仄平平”式句和“仄仄平平平仄仄”式句，是绝对要“论”的。二、四、六是要“分明”，但个别也非绝对如此：七言“仄仄平平平仄仄”式句在第五字由平变仄的情况下，第六字就须由仄变平以作救。

是以，今天近体诗写作者对待平仄律则的正确态度，应该是：第一，不听信“一三五不论，二四六分明”（主要是前句）的说法。第二，从唐代起一直沿用下来的平仄律正则，当然应该遵守；同样为历代习惯奉行的平仄律变则，是律则灵活放宽的表现，自然也要照样遵行——不但不能打折扣，而且理应观念上提高到和正则同等的地位上而给予重视。

从正确态度第二种表现出发，现代律诗平仄的四式律则，就应当改订为下列（以“－”表平，“|”表仄，“+”表可平可仄；不同于正则表现处即为变则）：

七律

A 式——首句正则平起、首句入韵或不入韵式：

＋－＋||－－/＋－＋|－－|

＋|－－||－

＋|＋－－||/＋|＋－|－|

＋－＋||－－

＋－＋|－－|

＋|－－||－

＋|＋－－||

+ － + | | － －

B 式——首句正则仄起、首句入韵或不入韵式：

+ | － － + | －/ + | + － － | |/ + | + －

| － |

+ － + | | － －

+ － + | + － |

+ | － － + | －

+ | + － － | |/ + | + － | － |

+ － + | | － －

+ － + | + － |

+ | － － + | －

五律

C 式——首句正则平起、首句不入韵或入韵式：

+ － － | |/ + － | － |/ － － + | －

+ | | － －

+ | － － |

－ － + | －

+ － － | |/ + － | － |

+ | | － －

+ | － － |

－ － ＋｜ －

D 式——首句正则仄起、首句不入韵或入韵式：

＋｜ － －｜/＋｜ ｜ － －

－ － ＋｜ －

＋ － －｜ ｜/＋ －｜ －｜

｜ ｜ ｜ － －

＋｜ － －｜

－ － ＋｜ －

＋ － －｜ ｜/＋ －｜ －｜

＋｜ ｜ － －

实际上，无论古代还是现代，百分之百地依照平仄律正则的规定来写律诗的，较为少见；较多见的，倒是在这处或那处循变则的规定来写。下面举些现代既基本遵守正则规定，但或多或少在局部也循变则行事的实例：

七旬晋八抒怀（二首录一）

袁第锐

拭目相看海变桑，

昔时行迹漫思量。

七成岁月闲中了，

一半须眉梦里霜。
永忆春心随蜀帝，
难忘秋肃凛胡杨。
遥承前纪开新纪，
劫火余生作凤凰。

（录自庄严主编《辉煌二十一世纪中华诗词集锦》，第 879 页，作家出版社，2003 年）

无题（四首录一）

文怀沙

昨夜分明梦见之，
碧纱窗外雨丝丝。
悄看玉镜相逢晚，
黯对金樽欲语迟。
终是骄矜终是怯，
故应憔悴故应痴。
春风又拂谁家院。
秾李夭桃自入时。

（录自王成纲主编《华夏吟友》，第 3 页，中国文联出版公司，1995 年）

自题七十岁画松鹰

徐世荣

老去江郎才竟穷，
郊吟何足罄幽衷。
且挥彩笔泼浓墨，
漫展雄风扫乱蓬。
矢矫丰神惊万古，
纵横意气搏长空。
此情珍重求心寄，
染纸烟云曲未终。

（录自王成纲主编《华夏吟友》，第 55 页，中国文联出版公司，1995 年）

赠残疾画家张惠斌

沈　鹏

男儿何必伟身躯，
君是人间千里驹。
幼小拯孤遭折骨，
半生含泪吐明珠。
呕心沥血求真美，

托物缘情写盛枯。
翰墨滔滔天下塞，
有思南郭愧操竽。

（录自王成纲主编《华夏吟友》，第 21 页，中国文联出版公司，1995 年）

从军乐

丁芒

投身革命乐无穷，
历尽艰辛意自雄；
荒岭暮炊锅底月，
沙原晓逐马蹄风；
沁心水冷青溪路，
催梦泥香峭壁松。
最是奇花开夜景，
万千炮火映天红。

（录自霍松林主编《中华传世诗词选集》，第 4 页，中国文联出版社，2004 年）

坚持敌后

马依群

誓把青春付马蹄，

腥风血雨草萋萋。

篱边白菊迎霜发，

岭上青松傲雪栖。

猎得黄狼皮作袄，

捕来山兔肉充饥。

万千群众同携手，

定教乾坤倒转移。

（录自霍松林主编《中华传世诗词选集》，第 30 页，中国文联出版社，2004 年）

无　　题

邓　拓

忆自滹沱河畔游，

鹣鹣形影共春秋。

平生足慰齐眉意，

苦志学为孺子牛。

久历艰危多刚介，

自空尘俗倍温柔。
六年血火情深处，
山海风波定白头。

（录自霍松林主编《中华传世诗词选集》，第 126 页，中国文联出版社，2004 年）

刘 公 岛

马萧萧

雄岛巍然峙国门，
水师督署迹犹存。
厅陈图片歌悲壮，
山耸崇碑炳烈勋。
残炮无声吞旧恨，
锈锚有泪吊忠魂。
朝廷欲把降幡挂，
将士空捐报国身。

（录自庄严主编《辉煌二十一世纪中华诗词集锦》，第 21 页，作家出版社，2003 年）

古历四月廿六日雪芹芳诞

周汝昌

今日芹生日，
萧然举世蒙。
寿君谁设盏？
写我自怜工。
万口齐嘲玉，
千秋一悼红。
晴蕉犹冉冉，
甄梦岂全空？

（录自王成纲主编《华夏吟友》，第 39 页，中国文联出版公司，1995 年）

商城道中口占

马依群

孤雁穿云雾，
关山断客魂。
有家思骨肉，
无泪哭乾坤。
水啸山悲动，

风呼树叶昏。
虏尘弥华夏，
梦里痛无元。

（录自霍松林主编《中华传世诗词选集》，第 30 页，中国文联出版社，2004 年）

晋谒杜甫草堂

马依群

幽静花溪岸，
莽苍天地同。
诗吟黎庶苦，
句夺鬼神工。
人格千秋范，
风骚百代雄。
有翁魂魄在，
倭虏定沉沦。

（录自霍松林主编《中华传世诗词选集》，第 30 页，中国文联出版社，2004 年）

登　华　山

林从龙

华岳心仪久，
今朝上北峰。
依山思白日，
览胜仰苍龙。
秦晋关河隔，
山川表里雄。
汉家陵阙在，
西望雨濛濛。

（录自霍松林主编《中华传世诗词选集》，第 721 页，中国文联出版社，2004 年）

在律诗 A、B、C、D 四式平仄律则中，除了变则规定可平可仄的字及句末字之外，其余所有字的平仄都是正则规定好的，若改变这类字任何一个的平仄，都是犯拗，而且犯的拗都不轻。诗人在避免不了犯这类重拗时，因应的态度无非两种。一种是设法补救。例如：

千禧元旦抒怀

蔡厚示

春来爱写赏花诗，
且酌且吟奚复疑？
头似白鸥情似火，
幻同云锦兴同丝。
毋须祈福加官爵，
却肯随缘乞岁禧。
自问无亏天与地，
玄机悟早欲贻谁？

首联对句第三字变平为仄，造成第四字孤平；以把第五字的仄改为平作救，从而消除了孤平现象。

（录自庄严主编《辉煌二十一世纪中华诗词集锦》，第 1125 页，作家出版社，2003 年）

别　　家

邓　拓

空林方落照，
残色染寒枝。
血泪斑斑湿，
杜鹃夜夜啼。
家山何郁郁，

尾联出句第三字变平为仄，造成第四字孤平；以改同联对句第三字的仄为平作救，从而形成白日亦凄凄。
忽动壮游志，
昂头天柱低。

对句与出句平仄一一相反对应的合律情况。

（录自霍松林主编《中华传世诗词选集》，第 125 页，中国文联出版社，2004 年）

对待犯了重拗的另一种态度，是为了不影响原意而任由之。这是写诗以达意或求得完美艺术内容为最高原则，不愿因顾及平仄形式规则而改意或损害内容。作品在平仄律的形式上固然疵点明显，可是艺术内容的隽永却没有受到影响。例如下面五首律诗，都是犯了重拗而不补救的，但仍不失为好的作品：

得家书有作

吴祖光

解放由来未易期，
年年干校日迟迟。
喂猪何异哺婴妇，
耪地直如理发师。
为有勤劳应快乐，

颔联对句第三字、尾联对句第三字，都应平而作仄，造成第四字（“如”

待从马列觅真知。　　　　“诗”）孤平。
夫人命似将军令，
不许作诗不作诗。

（录自王成纲主编《华夏吟友》，第 30 页，中国文联出版公司，1995 年）

无题（四首录一）

文怀沙

一意导春任所之，
平芜千里漾晴丝。
花沾露重胎含久，　　　　首联出句第三字变
柳受风多黛展迟。　　　　平为仄，致第四字
好梦却教莺嘴妒，　　　　形成孤平。
空枝先与蝶情痴。
蜻蜓点鬓浑无赖，
又惹闲愁似旧时。

（录自王成纲主编《华夏吟友》，第 3 页，中国文联出版公司，1995 年）

春　　望

马依群

漫步黄河上，
微风动柳阴。
人为异地客，
鸟是故乡音。
沃野生禾稷，
青纱隐甲兵。
黄河犹咆哮，
倭虏定沉沦。

颔联出句第三字变平为仄，致诗句后三字形成三平调（诗句后部三字全为仄，亦属三平调现象）。

（录自霍松林主编《中华传世诗词选集》，第30页，中国文联出版社，2004年）

麓山杂咏·麓山寺

李淑一

古寺山中迥，
禅门长碧苔。
云移山欲动，
风发日飞来。
木落钟逾静，

颈联出句第四字应平而为仄，致第三字形成孤平。

泉流梵正开。
凌空身似鹤，
幽径独徘徊。

（录自王成纲主编《华夏吟友》，第 25 页，中国文联出版公司，1995 年）

福州晨望

王达津

晨起凭栏望，
山峦满眼中。
云多常带雨，
海近自来风。
荔树家家有，
竹楼处处同。
闽江两岸阔，
最喜看乌篷。

颈联对句首字变平为仄，致第二字形成孤平；尾联出句第三字应平而为仄，不仅导致第二字为孤平，且使诗句后部三字三仄相联，形成三平调。

（录自王成纲主编《华夏吟友》，第 71 页，中国文联出版公司，1995 年）

由此可以知道，平仄的律则并不是绝对的，实际上它不是写近体诗任何时候都一点不差地完全遵行的规则。在它之上的、讲求内容意境好的原则，对诗歌创作来说，显然更为重要。平仄的律则，说到底，是为艺术内容服务的，须服从于内容意境佳胜的原则。因此，在内容意境的表现上确有需要时，诗人可以突破平仄律的常规，可以冲开律则的禁锢。人们固然要重视、要遵循平仄的律则，但同时又要懂得它并非绝对的、铁硬的禁条。

就在近体诗达到繁盛巅峰的唐代，有的很负盛名的诗人，也写出过连连重拗的诗句，是平仄的律则服从于内容意境佳胜原则的很好例证。如崔颢著名的《黄鹤楼》，颔联“黄鹤一去不复返，白云千载空悠悠”，出句当中一连三个字拗（应平而仄），对句第五字复拗，但全联一气呵成，自然流畅，意象鲜明生动，获得人们赞赏。再如李商隐《落花》首联“高阁客竟去，小园花乱飞”，出句第三、四字应平而仄，连着犯拗，并造成一连四字皆仄的大忌，然而出语自然，并能给读者以深刻印象；孟浩然《与诸子登岘山》首联“人事有代谢，往来成古今”，尽管出句第三、四字连着犯重拗，却是难得佳联，古今传诵。

当然，这绝非意味着，平仄律则无用，可以撇开不顾。句有重拗而作品仍能站得住甚至享誉于世，是个别特殊的情形，主要是由作者才情腾涌所决定的，一般写诗者不能也不应加以效法，而随意不遵从平仄律则。犯了重拗而任由之，也毕竟是作品的疵点。如果没有这样的缺点，或者通过补救而消除了该缺点，作品自然更为美好。写作者在讲求内容意境佳胜或不损害内容意境的前提下，尽量遵从好平仄律则，可以说是很应该的，也是十分必要的。

平仄律则是形成诗歌韵律美的一个重要因素。诗歌具有韵律美与不具韵律美，是大不一样的。写作者在致力于内容意境好的同时，不应忘记还要求得韵律美。这就是说，对遵守好平仄律则，应给予适当的重视，不可轻易犯重拗；实在难以避免犯重拗时，应设法作补救而消除它。

第三节　律诗的对仗

律诗首联尾联夹着的中间之联，出句与对句有对仗的关系。这是律诗的一个重要特征，不可或缺。如果一首整齐八句的七言诗或五言诗，完全符合平仄律则的要求，但没有对仗，那么，它也不成其为律诗。

对仗带来类同事象及类同造语方式的对应比照，会使人产生意趣和美感。律诗规定了要有这种对应比照，使这类近体诗体裁别具技巧和意趣的特色，也别具一种巧妙均衡对比的美。

律诗的对仗，有三个方面的因素：

（一）出句与对句同位置的词，词性一致或相近。一致的，如同是名词、同是数词、同是量词、同是动词、同是形容词、同是副词，等等。相近的，有几种情形：动词——形容词、动词——介词、形容词——副词、助动词——副词。

（二）出句与对句句法结构相同或基本一致。

（三）出句与对句同位置的词，所指对象属于同类事物（如都是人物、都是豢养的哺乳动物、都是花卉、都是天体，等等）；或其意义属于同一较广泛的义类范畴（如“花卉”与“森林”同属植物，“怀念”与“忧愁”同属心理活动，等等）。

全具有三个方面的表现的，是完善的对仗。能满足（一）（三）两方面或（一）（二）两方面的要求——哪怕是放宽的（即较低的）要求的，也可算及格的对仗。一般写成的对仗，够得上完善的较少，大多只达到及格的水平。下面分别举些实例。

完善的对仗，例如：

当时讵敢悲深语，
此日宁偿愤极心。

（周汝昌《何处》颔联）

塞北飘零新得句，
江南吟啸旧知名。

（宋谋玚《初冬偶成》颔联）

诗怀有忿和忧写，
青史无情带笑看。

（林默涵《夜读史》颈联）

悄看玉镜相逢晚，
黯对金樽欲语迟。
终是骄矜终是怯，
故应憔悴故应痴。

（文怀沙《无题》［四首其一］颔联、颈联）

三春宇宙添星象，
诸夏山川献物华。

（姚雪垠《五七干校值夜》［二首其二］颔联）

风吹波上下，

诗逐浪回环。

（蔡厚示《登黄河游览区浮天阁》领联）

云多常带雨，
海近自来风。
荔树家家有，
竹楼处处同。

（王达津《福州晨望》领联、颈联）

及格的对仗，例如：

心潮时共风雷激，
腕底曾驱虎豹游。
偶羡沙鸥飘碧海，
甘随孺子作黄牛。

（沈鹏《夏日偶成》领联、颈联）

喂猪何异哺婴妇，
耪地直如理发师。

（吴祖光《得家书有作》领联）

经多实践思方壮，
勘破浮名意自平。

（姚雪垠《夏日抒怀》颔联）

朱灯梦笔沉残稿，
翠崦寻痕涨锦苔。

（周汝昌《长句为雪芹作》颈联）

且挥彩笔泼浓墨，
漫展雄风扫乱蓬。

（徐世荣《自题七十岁画松鹰》颔联）

残炮无声吞旧恨，
锈锚有泪吊忠魂。

（马萧萧《刘公岛》颈联）

翠柏凌枯草，
丹枫映晚霞。

（李淑一《麓山杂咏·爱晚亭》颈联）

红叶知人恨，
青灯笑我痴。

（李淑一《怀友》颈联）

人为异地客，
鸟是故乡音。

沃野生禾稷，
青纱隐甲兵。

（马依群《春望》颔联、颈联）

忧国狂逃酒，
从军老叩关。

（王学仲《当涂李太白墓下作》颈联）

有的诗人写出的联，似对仗非对仗（包括半句对仗、半句不对仗的情形），是对仗没写成功，或者说，不及格。例如：

雄浑俊逸能相辅，
心骛神追方进才。

（丁芒《由桂林来武夷》颈联）

鸾镜蒙尘谁拂拭，
诗笺湿泪且书空。

（丁芒《读友人悼亡诗》颔联）

屈指自知功与过，
关心最是后争光。

（邓拓《寄报社诸同志》颈联）

不及格的“对仗”，如果出现在律诗的颈联，一般是不予宽容（不认可是对仗）的；出现在颔联，则往往可马虎过去：因为习惯上，颈联的对仗要比颔联的认真一些，讲究一些。

有两种对仗，是历来被认为最佳的。一是工对，一是流水对。工对指那样一种工巧的对仗：出句和对句内每对同样位置的词，都表示同一很小范畴内的同类事物。例如：

荞花点雪绵绵白，
柏叶经霜片片红。

（毛谷风《秋日漫兴》颈联）

三春宇宙添星象，
诸夏山川献物华。

（姚雪垠《五七干校值夜》［二首其二］颔联）

百代绮罗余寂寞，
万重金粉尽阑珊。

（林默涵《夜读史》颔联）

烜赫武功青史著，
风流文采艺林夸。

（霍松林《茂林怀古》领联）

人格千秋范，
风骚百代雄。

（马依群《晋谒杜甫草堂》颈联）

其实，正由于对得十分巧，工对却难免给人以处处雕凿、对应刻板而不太自然的感觉。在这个弱点上，工对仿佛正处于流水对长处的对立面。流水对正如其名称所显示的，是出句与对句意义上很连贯，衔接得十分自然，造语有如流水般流畅。这种对仗，使人畅意诵去，一时可能还觉不到在对仗，回过头细细体味出来，可兼生流畅与对仗的双重美感。如诵读下列流水对：

初惧啼声惊里巷，
旋疑骨相类王侯。

（霍松林《庚寅六月三十日寅时得子》颈联）

且挥彩笔泼浓墨，
漫展雄风扫乱蓬。

（徐世荣《自题七十岁画松鹰》领联）

不愁春色成秋色，

只怕人心变兽心。

（碧玉箫《岳坟》颈联）

宁为折戟甘沉世，
不作弯钩苦钓名。

（丁芒《离休吟》颈联）

托序固当参法相，
题名奚必认前朝。

（秦子卿《题西安大雁塔》颈联）

那堪征战日，
又赋别离诗。

（李淑一《怀友》颔联）

不难得出结论：流水对优胜于工对，是最好的、难能可贵的对仗。能够造成流水对的关键，是先立好由两诗句连贯表达之意，在这个立意的基础上再求词句的对仗。而连贯之意得以成立的条件，是分由出句和对句表达一先一后顺连进行的活动，或一先一后顺连发生的事件，或者出句表示原因而对句表示结果，或者出句是问而对句作答。

由于对仗可带来整齐对照和互相映衬的美感和意趣，

诗人们往往喜欢增加五七言律诗的对仗机会——使诗作一入手在首联便对仗（这在五律中多见些：因五律诗句字数较少，对仗相对易些），尽管律则上并不规定须要如此。例如下列作品的表现：

登黄河游览区浮天阁

蔡厚示

一阁浮天宇，
三川汇此间。
风吹波上下，
诗逐浪回环。
极目中原阔，
忧心世道艰。
仰瞻神禹像，
能不泪潸潸？

（录自王成纲主编《华夏吟友》，第482页，中国文联出版公司，1995年）

与李白研究学会诸子中秋赏月兼寄家人

马依群

久仰巴山月，

今来蜀国城。

论文思子美，

敲句续长庚。

雅集添豪兴，

相逢话旅情。

故乡千万里，

同看一轮明。

（录自毛谷风选编《当代八百家诗词选》，第 246 页，浙江大学出版社，1990 年）

登马来西亚怡保霹雳洞

林从龙

岁序虽云暮，

山城不见秋。

彩霞环叠嶂，

烟树锁重楼。

香溢芙蕖苑，

花明霹雳洲。

导游频指点：

云路可通幽。

（录自霍松林主编《中华当代旅游诗词联精选》，第 633—634 页，中国旅游出版社，2003 年）

秦州二十咏（二十首录一）

袁第锐

朝霞连海岳，
地气接昆仑。
山富夷齐食，
目穷远近村。
峪岈悬瀑布，
幽境胜桃源。
一夜花丛宿，
神移月下门。

（录自霍松林主编《近五十年寰球汉诗精选》，第 653 页，三秦出版社，1999 年）

题郭因老兄为安徽省太白楼诗词学会成立大会画悬崖苍松

马依群

绝壁惊回鸟，
悬崖盘巨龙。
根深三百丈，

叶茂万千丛。
樵子嗟身矮，
毛虫叹计穷。
只因承雨露，
岁岁保葱茏。

（录自刘惠恕主编《中华当代诗词风赋二百家》，第 22 页，学林出版社，1998 年）

夜游赤壁公园

林从龙

坡仙归去迹长留，
云树参差碧瓦浮。
万里江流朝赤壁，
千秋词赋重黄州。
芳园新辟添佳境，
雅会重开话旧游。
风物依稀壬戌夜，
山高月小古城楼。

（录自杨璐、刘跃钊主编《千古绝唱——中华当代诗词名家名句选集》，第 730 页，中国广播电视出版社，2004 年）

茂陵怀古

霍松林

旌旗十万映朝霞，
大汉天声震海涯。
烜赫武功青史著，
风流文采艺林夸。
已知治国须多士，
何用求仙罢百家？
王母不来银阙远，
茂陵终古绕寒鸦。

（录自毛谷风选编《当代八百家诗词选》，第550页，浙江大学出版社，1990年）

时　弊

马　凯

代笔何妨顶桂冠，
图财哪管愧苍天。
渔婆美梦接着做，
皇帝新衣照旧穿。
作秀人嘲还窃喜，

吹牛自破不羞惭。
从来大浪淘沙尽，
一意孤行万丈渊。

（录自2010年2月5日《光明日报》文荟副刊）

眼前·武汉市武斗记事

姚雪垠

眼前历历刀枪影，
心上沉沉雾雨天。
曾记旌旗遮日月，
犹闻口号动山川。
三层楼外残墟在，
六渡桥边血海湮。
忍令万民成草狗，
圣人不喜太平年。

（录自王成纲主编《华夏吟友》，第48页，中国文联出版公司，1995年）

一般不使尾联对仗。因为尾联若对仗，会让人觉得诗作似还要往下发展而并未结束。但是偶可见到，诗人似乎对仗之兴大发，一口气从首联至尾联全都对仗。杜甫的一首七律名作就是这样写的：

登　　高

风急天高猿啸哀，
渚清沙白鸟飞回。
无边落木萧萧下，
不尽长江滚滚来。
万里悲秋常作客，
百年多病独登台。
艰难苦恨繁霜鬓，
潦倒新停浊酒杯！

尾联出色的流水对，阻抑了“诗作似未结束”感的发生。陈子昂的《送客》，也收到近似的效果：

送　　客

故人洞庭去，
杨柳春风生。
相送河洲晚，
苍茫别思盈。

白蘋已堪把，
绿芷复含荣。
江南多桂树，
归客赠生平。

现代写作者，若除了使中间两联及首联对仗外，还使尾联也对仗，那么这尾联的对仗若做到《登高》《送客》那么高巧，固然最理想；做不到，也自有连着四次对仗的意趣和美感。四联都对仗，到了末后的尾联，对仗不那么讲究是应该宽容的。过得去，或大体算对仗，也就可以。例如下面一首作品：

三 水 偶 作

蔡厚示

久慕西江水，
来从胜侣游。
观风占世运，
琢句赋民仇。
枉洒骚人泪，
频添楚客忧。
吟坛须李杜，

斫竹著春秋。

第四节　排律和小律

由于对仗既显示技巧，又招人喜爱，律诗在唐代发展出一种十句以上、中间对仗之联三联以上的长大体裁。它作为律诗非一般的类别，特称为排律（也称长律）。所谓“排”，就是对仗之联一直铺排下去的意思。在句子的字数上，特别是平仄格式规则上，排律和八句的一般律诗完全一样；不同的地方，就在中间对仗之联在三联以上——数量可以多至不限：作者在押同一韵而韵脚不重复的条件下，能写出多少联就可多少联。

历来，常见的排律是五言的。但是古代一些著名诗人，也写出过七言排律。两种排律的古代作品，分别举实例如下：

西　施　咏

王　维

艳色天下重，

西施宁久微？

朝为越溪女，
暮作吴宫妃。
贱日岂殊众，
贵来方悟稀。
邀人傅脂粉，
不自著罗衣。
君宠益骄态，
君怜无是非。
当时浣纱伴，
莫得同车归。
持谢邻家子，
效颦安可希。

早入荥阳界

王　维

泛舟入荥泽，
兹邑乃雄藩。
河曲闾阎隘，
川中烟火繁。
因人见风俗，

入境闻方言。

秋晚田畴盛，

朝光市井喧。

渔商波上客，

鸡犬岸旁村。

前路白云外，

孤帆安可论。

夜泊宣城界

孟浩然

西塞沿江岛，

南陵问驿楼。

湖平津济阔，

风止客帆收。

去去怀前浦，

茫茫泛夕流。

石逢罗刹碍，

山泊敬亭幽。

火炽梅根冶，

烟迷杨叶洲。

离家复水宿，
相伴赖沙鸥。

泛太湖书事寄微之

白居易

烟渚云帆处处通，
飘然舟似入虚空。
玉杯浅酌巡初匝，
金管徐吹曲未终。
黄夹缬林寒有叶，
碧琉璃水净无风。
避旗飞鹭翩翻白，
惊鼓跳鱼拨剌红。
涧雪压多松偃蹇，
岩泉滴久石玲珑。
书为故事留湖上，
吟作新诗寄浙东。
军府威容从道盛，
江山气色定知同。
报君一事君应羡，

五宿澄波皓月中。

和乐天重题别东楼

元　稹

山容水态使君知，
楼上从容万状移。
日映文章霞细丽，
风驱鳞甲浪参差。
鼓催潮户凌晨击，
笛赛婆官彻夜吹。
唤客潜挥远红袖，
卖垆高挂小青旗。
剩铺床席春眠处，
乍卷帘帷月上时。
光景无因将得去，
为郎抄在和郎诗。

古代有的诗人，喜欢写很长的排律，动辄写出数十韵脚，也就是写出一般律诗句数六倍以上的句子。有的排律，长达百个韵脚。写这类长大排律者，纷纷得意地在诗题上标榜该诗写出多大数量的韵（即韵脚）。其做法已成技巧竞赛的文字游戏。这种形式主义追求之风，会严重影响诗作的质量。一味拖长的许多排律，找不到一首动人佳作，绝不是没有缘故的。现代的诗人写排律，不会效法这种韵脚数越多越好的追求。从当今的排律作品看，写作者都是从内容出发，写出吻合内容表达需要的适当对仗联数，没有卖弄对仗技巧，没有片面追求韵脚数量。例如：

重返苏北故土志感

石　坚

革命辞闾里，
孤身走大荒。
淤泥坎坷路，
矮屋破低墙。
兵燹家园散，
天灾骨肉亡。
饥寒闻哭泣，
风雨痛肝肠。
晚岁回桑梓，
穷村出凤凰。
荒墟成闹市，

茅舍变楼房。
广厦临春野，
黉宫沐艳阳。
无边芳草绿，
十里菜花黄。
道远桥拱隐，
河清树影长。
是谁挥彩笔，
重绘我家乡。

（录自刘惠恕主编《中华当代诗词风赋二百家》，第 266 页，学林出版社，1998 年）

西岳神游

刁永泉

太华何时有？
万古凌碧旻。
柱天鼎五岳，
拔地割三秦。
召我叩云阙，
濯足渡汉津。

长安渺尘芥，
清宇展素襟。
举斗饮月魄，
吟风奏天音。
何人共游步？
挥手辞浮云。

（录自庄蝶主编《首届国学创新优秀成果奖获奖作品集》，第 699 页，中国广播电视出版社，2005 年）

长　　律

刘荣义

吾师惠所著，拜读而生感慨。追思相聚时日，教诲萦怀。书长律以贺吾师，以励吾志。

十载绝鸿影，
一朝获捷音。
名家多硕果，
巨擘谒津门。
中外传飞简，
东西共论文。

琴声可寄趣，
剑韵自强身。
卷展师尊意，
情思古城春。
华发更励志，
踽踽步后尘。

（录自舒辛《韵缕——亚欧吟草》，第 73 页，天津古籍出版社，1999 年）

作客景洪傣族农家

舒　辛

友人提饼酒，
领我至农家。
树护高低屋，
庭开紫白花。
招呼忙切果，
谦礼细斟茶。
步圃惊蔬盛，
临圈助料加。
议商查语事，

笑论物名差。
延客尝鲜菜，
围餐赏晚霞。

（录自张弓主编《中华诗词新世纪新作大典》，第 145 页，作家出版社，2003 年）

题武侯祠

刁永泉

门垣隐掩望重重，
古柏长岭龙冈风。
路转琴楼逢学子，
径通草屋走村童。
书台晚翠传清韵，
垅亩春和见野翁。
流水高山云散淡，
幽兰疏竹月空蒙。
三分界外池鱼乐，
二表碑间烛影红。
倦枕江亭成一梦，
此身仿佛卧隆中。

（录自霍松林主编《近五十年寰球汉诗精选》，第 11—12 页，三秦出版社，1999 年）

和排律的篇幅长大相反，另有一类特殊的律诗是小巧玲珑的。那就是小律，它只是三联六句。除了规定只中间一联必须对仗外，小律在体制规则上与一般五七言律诗也完全相同。不过，它是偶尔采用的边缘性体裁，不像排律那样取得了律诗正式体裁的地位。

早在近体诗酝酿期的南朝齐梁，就已出现雏形的小律——它只在个别字的平仄黏对上不合律；另外，中间之联与首联、尾联都对仗，未明确只中间一联必须对仗。例如：

夕望江桥

何　逊

夕鸟已西度，
残霞亦半消。
风声动密竹，
小影漾长桥。
旅人多忧思，
寒江复寂寥。

石塘濑听猿

沈　约

噭噭夜猿鸣，
溶溶晨雾合。
不知声远近，
惟见山重沓。
既欢东岭唱，
复伫西岩答。

到唐代，出现了成熟的小律作品。例如：

送羽林陶将军

李　白

将军出使拥楼船，
江上旌旗拂紫烟。
万里横戈探虎穴，
三杯拔剑舞龙泉。
莫道词人无胆气，
临行将赠绕朝鞭。

李员外寄纸笔

韩　愈

题是临池后，
分从起草余。
兔尖针莫并，
茧净雪难如。
莫怪殷勤谢，
虞卿正著书。

现代，小律很少有写作者问津。不过，偶尔可见到这种律诗在书刊上的身影。例如：

听叶小纲交响乐曲《释迦之沉默》

易　白

淡淡奇弦管，
传来佛圣心。
轻哦悲恶俗，
微叹透深沉。
默默冥思里，
无音听作音。

（录自汪天风编《中华诗粹·当代名家诗词大典》，华龄出版社，1996 年）

缅怀邓公

舒　辛

狂澜力挽伫岿然，
撼醒神州天地翻。
身示高功谦退范，
言留永世奋扬间。
惋伤夙愿悭偿报，
未见南门宝地还！

（录自舒辛《韵缕——亚欧吟草》，第 229 页，天津古籍出版社，1999 年）

形势（二首）

舒　辛

其一

连城塔厦突穿摧，
惊示文明一片灰。
人类偏多相戮恶，
蜜蜂尚晓互襄为。

幡然消释怨仇日，
应是骏骢殊路归。

其二

魔手长伸捣甸园，
恣睢无度恶无前。
西空满目阴云暗，
沪上新光丽色鲜。
独秀一枝稀世艳，
花明叶拥气万千。

（录自舒辛《兴迹——晚晴咏句》，第91—92页，百通（香港）出版社，2007年）

看来，小律虽没有一般律诗成双对仗之联在诗正中间的双层比衬，不似后者可表现更丰厚些的内容，但却避开了板滞，减少了束缚，显得比较活泼自如。这种体裁，应该说在现代还是有特色的，有活力的。

第五节　绝　句

整个诗体只有四句的绝句，是近体诗最短小的体裁，也是近体诗中束缚最少的一体。无论七言的七绝还是五言的五绝，其平仄格式都完全一致于律诗，同样有平起首句入韵与不入韵二式、仄起首句入韵与不入韵二式。哪些式的哪些部位上的字，可以平仄“不论”、可以犯拗而予以补救或不救，情形都与律诗相同。格律上除了句数之外，不同于律诗之处，就只在于没有对仗的规定。所以，绝句显得无多少束缚，最易掌握。

虽然没有规定要对仗，写作者却往往嫌绝句平淡，把对仗加到绝句上去。从表现上看，绝句因之可分出四类：

（一）没有对仗的。这是较为一般而最多见的一类。例如：

山　　泉

林从龙

破石穿崖路万千，
层冰过后又涓涓。
泉流也似人生道，
历尽崎岖别有天。

（录自杨璐、刘跃钊主编《千古绝唱——中华当代诗词名家名句选集》，第730页，中国广播电视出版社，2004年）

沽上踏青即景（三首其一）

周汝昌

风暖花深七二沽，
长桥东畔草芳敷。
红桃人面俱无迹，
崔护重来事事殊。

（录自王成纲主编《华夏吟友》，第 39 页，中国文联出版公司，1995 年）

过　瓯　江

赵朴初

欹帆侧舵夺中流，
人立波涛怒打头。
阔水高山千里过，
更乘风浪下温州。

（录自王成纲主编《华夏吟友》，第 46 页，中国文联出版公司，1995 年）

（二）前一联对仗的。例如：

咏 中 秋

袁第锐

身如白马难逃劫，
人似繁花易见秋。
天下三分征战苦，
二分磨难在中州。

（录自杨璐、刘跃钊主编《千古绝唱——中华当代诗词名家名句选集》，第 942 页，中国广播电视出版社，2004 年）

过秦俑坑

林从龙

胆丧荆卿剑，
魂惊博浪椎。
泥封兵马俑，
能否慰孤危？

（录自杨璐、刘跃钊主编《千古绝唱——中华当代诗词名家名句选集》，第 730 页，中国广播电视出版社，2004 年）

题开封包公祠

林从龙

刑赏存心正，

亲疏执法同。

茫茫观宦海，

今古几包公?

（录自杨璐、刘跃钊主编《千古绝唱——中华当代诗词名家名句选集》，第 730 页，中国广播电视出版社，2004 年）

（三）后一联对仗的。例如：

济南大明湖次韵和同游者（二首其一）

赵朴初

与君来证老残游，

四面荷花迓客舟。

鸟过幻留双妞唱，

岸移真入半城幽。

（录自王成纲主编《华夏吟友》，第 46 页，中国文联出版公司，1995 年）

五台山龙泉寺

宋谋玚

贝叶琼雕护几层，

隔垣荒塔倚崚嶒。

可怜百战孤忠骨，
不及龙泉富贵僧。

（录自毛谷风选编《当代八百家诗词选》，第 156 页，浙江大学出版社，1990 年）

戍边曲·赠前线战士（四首其一）

碧玉箫

男儿头未白，
正是立功年。
莫奏思乡曲，
长歌出塞篇。

（录自杨璐、刘跃钊主编《千古绝唱——中华当代诗词名家名句选集》，第 1155 页，中国广播电视出版社，2004 年）

（四）前后两联都对仗的。这是较难得、数量较少的一类。例如：

登山口占

楚图南

千山闻鸟语，
万壑走松风。
居身青云上，

植根泥土中。

（录自王成纲主编《华夏吟友》，第 63 页，中国文联出版公司，1995 年）

黄河游览区杂咏（录一）

程千帆

昔苦汪洋水，
今夸锦绣乡。
沮洳成乐土，
荆棘化康庄。

（录自毛谷风选编《当代八百家诗词选》，第 427 页，浙江大学出版社，1990 年）

题井冈山图

张　涵

郁郁井冈山，
巍巍云汉间。
万方兴革命，
千古颂摇篮。

（录自刘惠恕主编《中华当代诗词风赋二百家》，第 333 页，学林出版社，1998 年）

第六节　六　绝

一般认为，绝句就只包括七绝、五绝两种。这是普通的看法，并没有错，但未完全反映客观实际。事实上，唐代、宋代、明代和现代，都出现过六言四句、押平声韵的诗作。例如：

田园乐（七首其四）

王　维

萋萋春草秋绿，
落落长松夏寒。
牛羊自归村巷，
童稚不识衣冠。

题西太一宫壁（二首其一）

王安石

杨柳鸣蜩绿暗，
荷花落日红酣。
三十六陂春水，
白头想见江南。

阙　题

王若之

恰遇青山白水，
忽来细雨斜风；
俗驾还多高寄，
便止宿于此中。

（转录自王渔洋［王士祯］《带经堂诗话》卷十，第 239 页）

富春江行吟

林　岫

一岭山云常锁，
几枝野菊堪怜。
最爱夕阳红透，
棹歌飞到滩前。

（录自王成纲主编《华夏吟友》，第 34 页，中国文联出版公司，1995 年）

应该承认，这类六言四句、押平声韵的作品，也属于近体诗，体裁上是一种平仄节奏较特别的绝句。这种短小诗体，像是七绝、五绝疏远的同宗弟兄，不妨称之为六绝。它是早就存在的，只不过诗人们极少用它写作，以它为诗体写出的作品甚为稀少。因此它不为一般人所知晓，在绝句的身份上未得到过诗界的普遍认可。今天，可以一改这种运道：既然它能经受千百年时间的考验，到现代依然保有其生命力，那就自然有资格跻身今天传统诗歌创作可用体裁之列，登上绝句一体的正式地位上来。

六绝每句末后的第三音步，也与前两音步一样，是完整的——同样有两个各占半拍的字音，而且同有以后一字音充当的音步落定点。这使节奏完全一样地进行到句末而没有缓停的变化，不像七绝、五绝句末音步只落定在单一字音上那样，字音可拖长（至少占满一个节拍）而使节奏舒缓下来。六绝这种欠缺舒缓变化的节奏，可能不易让多数写作者喜爱或适应；但是，它也正是六绝的一大特色，对于诗人要表达某种急激情绪或某种强烈感受，是能很好配合的。

从传留下来的古代六绝作品来看，六绝的平仄格式也分平起和仄起二式。因首句都不入韵，二式之下便不见依首句是否入韵的第二次划分。但是其中一式可细别为二体。这是该式首句第三字至第六字的平仄形式可有不同选择所决定的：六绝虽然每句两字一个音步，句内最大的一个节奏分段处却在前两字与后四字之间；这后四字节奏段，以采用“仄平平仄”“仄仄平平”“平平仄仄”的形式为常，因为那是被公认为合律的四言句平仄格式。因而仄起式首句第三字起的四字节奏段，可以“仄平平仄”，也可是“平平仄仄”。

六绝各句前四字，同七绝一样，也讲平仄上的“对”和“黏”。不过，从实际表现看，六绝里黏的要求没有七绝那么严格。这与后四字节奏段须采用一定的平仄形式有关。

讲对黏，与七绝同样，主要是各句的第二字、第四字。六绝句首第一字，都可平仄不论，部分句式的第三字也可平仄不论。在不造成孤平或连着四个平的条件下，不但第三字，个别句的第五字甚至第四字，都是可以改变平仄而不做补救的。

现代的六绝写作者，在创作实践中丰富了六绝的平仄格式，给首句平起和仄起二式各增补首句入韵一式。这样，六绝发展到现代的平仄格式，便实际有四式五体。其具体的平仄安排，及许多平仄不论或平仄容许变动的情形，都展示如下：

A，首句平起不入韵式

原式	变动式
——丨——丨	+—丨—+丨
丨丨—丨——	+丨—丨——
丨丨——丨丨	+丨——+丨
——丨丨——	+—+丨——

A 式诗例：

田园乐（七首录二）

王　维

其三

采菱渡头风急，　　第二句第三字拗。
策杖林日西斜。
杏树坛边渔父，
桃花源里人家。

其六

桃红复含夜雨，
柳绿更带春烟。
花落家僮未扫，

莺啼山客犹眠。

松风亭题诗（二首其一）

康与之

天涯芳草尽绿，
路傍柳絮争飞。
啼鸟一声春晚，
落花满地人归。

首句第三字、第四字俱拗而互救；第三句第三字拗，以第五字仄改平补救。

B，首句平起入韵式

原式	变动式
－－丨丨－－	＋－＋丨－－
丨丨－－丨－	＋丨－－丨－
丨丨－－丨丨	＋丨－－＋丨
－－丨丨－－	＋－＋丨－－

B 式诗例：

舞马词·骑兵（三首录二）

丁　芒

其一

山高月黑霜浓，

第二句二、四两字

林深坡陡谷空。　　失对。
战士巡边夜出，
铁骑来去如风。

其二　　第二句二、四两字失对；第三句第三字拗。
英雄立马腾飞，
长刀劈断斜晖。
天外一声霹雳，
鞍旁俘得人归。

（录自黄杏祥主编《世界传世诗词全集》，第 2 页，中国文联出版社，2007 年）

青岛五四广场

舒　辛

绿坪广接洋天，
银厦威风少年。　　末句第五字拗。
红炬高标烈焰，
青春气息万千。

（录自《中华当代精短文学作品集》，中国文联出版社，2003 年）

天津新港大街（二首其一）

舒　辛

荒滩竟变华街，
一夕楼川涌来？
感慨施坤威力，
湿岚阵阵暖怀。

末句第五字拗。

（录自舒辛《兴迹——晚晴咏句》，第 51 页，香港（百通）出版社，2007 年）

C，首句仄起不入韵式 a 体

原式	变动式
丨丨－－丨丨	＋丨－－＋丨
－－丨丨－－	＋－＋丨－－
－－丨－－丨	＋－丨－＋丨
丨丨－丨－－	＋丨－丨－－

C 式诗例：

留题三祖山谷寺石壁

王安石

水泠泠而北去，

首句第三字拗；第三句第三字拗，以

山靡靡以旁围。	第六字平改仄补救；
欲穷源而不得，	末句第三字拗。
竟怅望以空归。	

题西太一宫壁（二首其一）

王安石

杨柳鸣蜩绿暗，	
荷花落日红酣。	第三句第二字失黏。
三十六陂春水，	
白头想见江南。	

积雨作寒（五首其二）

范成大

已报舟浮登岸，	第三句第四字拗；
更怜桥塌平池。	第四句第四字拗，
养成蛙吹无谓，	以第五字平改仄
扫尽蚊雷却奇。	补救。

C’，首句仄起不入韵式 b 体

原式	变动式
丨丨丨－－丨	+丨+－－丨
－－丨丨－－	+－+丨－－
－－丨－－丨	+－丨－+丨
丨丨－丨－－	+丨－丨－－

C’式诗例：

问李二司直所居云山

皇甫冉

门外水流何处，
天边树绕谁家。
山绝东西多少，
朝朝几度云遮。

第三句二、四两字失黏。

宴客夜归六言

杨万里

月在荔枝梢上，
人行豆蔻花间。
但觉胸吞碧海，

第三句二、四两字失黏。

不知身落南蛮。

离京赴穗·过华北平原上空

舒 辛

底陆青青如海，
涛云胜似汪洋。
地天何处为界？
混沌不尽茫茫。

第三句第三字拗，以第四字平改仄补救；末句第三字拗。

（录自舒辛《韵缕——亚欧吟草》，第 272 页，天津古籍出版社，1999 年）

D，首句仄起入韵式

原式	变动式
｜｜——｜—	+｜——｜—
——｜｜——	+—+｜——
——｜——｜	+—｜—+｜
｜｜——｜—	+｜——｜—

D 式诗例：

波茨坦无忧园（二首其二）

舒　辛

浓木清溪道深，
无人停赏鸣音。
偏吾独爱幽野，
伫留声影慰心。

第三句第四字拗。

（录自舒辛《韵缕——亚欧吟草》，第 194 页，天津古籍出版社，1999 年）

离京赴穗 · 过湖北上空

舒　辛

绫带横斜大江，
飘丝汉水长长。
旅人欢指湖泽，
闪闪大群珠光。

第三句第三字拗，以第四字平改仄补救；第四句第三字拗，以第五字仄改平补救。

（录自舒辛《韵缕——亚欧吟草》，第 272 页，天津古籍出版社，1999 年）

第七节　近体诗的押韵和用韵

所有律诗和绝句，在同一诗体内，偶数句末字的韵须一致（若首句入韵，其韵当然也须与偶数句末的韵一致），也就是必须押韵（参看第一章第一节末段对“押韵”的解释）。这样，韵音隔一定节拍的回环反复，方可形成音步之上的另一种节律——那是诗歌韵律节奏不可或缺的另一个重要因素，诗歌应有的一种形式特征。

在这一点上，可容易把近体诗与类似于它的联句（对联）区别开来。联句的前联和后联，句数相同，对应的句讲对仗，句的字数、结构都一致而平仄相反：这些使联句酷似律诗的颔联或颈联，而逼近于近体诗。但是联句不存在押韵现象，所以它并不是诗，只能算一种介于诗歌与散文之间的独特文学体裁。①

近体诗的押韵，不仅实行同一诗体内押相同的韵——一韵到底，还通过一定平仄体制的推行而约定：只能押平

① 现代有的诗词集子把联句也合辑其中。这实质上应是近类的附录，不能误解联句成了诗歌的一类。

声韵，不能以仄声字作韵脚。后一方面，是近体诗在押韵方式上的特殊之处。古体诗、古风诗以及词、曲等所有其他诗体，都没有这种偏爱平声韵而完全排斥仄声韵的倾向。

近体诗的用韵，自宋时金国人王文郁在其所编的《平水新刊礼部韵略》中分韵一百零六个之后，元、明、清三代都是以这“平水韵”为诗作（北曲除外）用韵的依据。直到现代，还有一些诗人押韵依据平水韵。

平水韵是北宋《广韵》二百零六韵的并合、缩减，而《广韵》是早前好几百年《切韵》音系的新版。所以平水韵是从隋代《切韵》韵系一脉相承下来的，表现的是中古汉民族共同语及南方汉语大方言的分韵面貌。今天，语言历千百年，已有巨大变化，近体诗古旧的用韵依据体系显然已不相适应。

平水韵尽管有清代官书《佩文韵府》巩固其地位，推广其应用范围，后又有《诗韵珠玑》《诗韵集成》《诗韵合璧》《诗韵全璧》等助其苟延残喘，但进到二十世纪中叶，就实在难以不遭现代社会的遗弃。

1941 年发布的《中华新韵》，1965 年中华书局据《中华新韵》改编的《诗韵新编》，都是要以新的诗韵来代替平水韵。有一定权威性的《诗韵新编》，主要以普通话韵系为依据，共分十八个韵部。但是此韵书尚未起到什么社会作用，就遇到“文革”十年浩劫。改革开放后，诗词的创作在民众中蓬勃开展，出现了前所未见的高度繁荣局面。但是创作者们，一般并不依据《诗韵新编》的新韵系来用韵。大多数不完全地或只部分地采用平水韵，兼又部分采用民间的十三辙或普通话韵系，没有一定的、共同的用韵依据，显得相当混乱。

在这种情况下，岳麓书社于2005年出版了广东中华诗词学会编的《中华新韵府》。此韵书分韵十九部，每部之下的韵字依阴平、阳平、上声、去声分为四大组，把可能有的、现已归入其中某个声调的原入声字，标出于该声调全部韵字之后；另于十九个韵部之外，又设五个入声韵部。似乎韵部是只规定为十九个，也可是把入声五部都包括进来而总共定为二十四个。这样两可的做法，是存在疑问的：至少会引发一些相当棘手的问题。首先，在传统诗词创作领域，不能形成单一的分韵体制和统一的用韵依据，极不利于诗歌创作的繁荣发展。其次，传统诗词创作界中倘并存两套分韵体制、两种用韵依据，特别是并用一有入声韵、一无入声韵的两种韵部系统，那会给作品的理解和评析制造障碍，在作者和读者、评析者之间制造误解，甚至引起矛盾。再次，倘在同一作者的创作中，并用两种分韵体制，其作品总体在押韵形式和平仄形式上必形成混乱无章的局面，别人想对之做条理的分析都会难以下手。

另外，《中华新韵府》的十九韵部，在韵部的分合上，也有的地方不很适当或脱离实际（如把 ün 韵与 in 韵合为一部；o 韵与 e 韵分开不同部，i 韵与 ï 韵分开不同部等）；五个入声韵部在划分的依据上更是颇成问题（以主要元音的同异来分部虽无错，但这里的主要元音却纯依普通话读音来定，而不是以有入声的诸大方言读音或中古切韵构拟音来定）。

因此，《中华新韵府》的韵部划分，仍难以成为现今传统诗词用韵、押韵的权威依据。该书虽收取词藻颇为丰富，很有参考价值，却未能达到标准韵书的根本目的。迄今诗词界仍然企盼有个充分合理的用韵、押韵新依据，就可以证明这一点。

要设定新的韵部划分，建立适于现代传统诗词创作使用的统一用韵、押韵依据，必须考虑到几个原则性的方面：

第一，使韵部体系与现代汉语音韵实际尽量一致的任何具体办法，若估计会有严重的消极影响，便不可实行。例如，如今面对一种现实情况：东南的吴语（其浙南土话除外)、闽北话、闽南话（包括台湾、海南和广东潮汕地区三区域的地方变体)、粤语、客家话、湘方言、赣方言，都还有入声；而操用这些大方言的人口（包括百分之九十九以上的侨胞在内)，数量又相当庞大；这部分人口的广大群众，远未能普遍应用普通话，绝大多数仍是习惯于用方言来思维，用方言的读音来默读和书写。今天如若去除诗词平仄体制中的入声，去除入声韵部，使用东南方言的人们写诗词用字用韵的原有习惯便遭破坏；无入声的平仄规则和分韵体制，会使他们无法适从。而使用北方话的人们，虽则分辨入声字、使用入声韵部也有不小困难，毕竟这困难是历史上由来已久的，对之能有所适应，懂得如何去克服。这样，就须先关照东南方言的使用人群：今天不应废除传统诗词的入声和入声韵部。

第二，押韵、用韵的依据，现代要从混杂着古代共同语和南方方言的传统体制，彻底改为现代共同语韵部少得多的体制，须以普通话已为各地人们普遍使用、真正深入了民间为条件。要满足此一条件的要求，还须候至久远的未来。因此韵部划分要大幅度变动，要完全符合现代共同语的音韵实际，是很长期间方能实现的。变动必得缓慢进行，有较长的过渡期，不能急躁冒进。近来有人提出，写传统诗词干脆就用新诗或十三辙的韵部——所谓“新韵”——来写作。现在真要这样做，后果是不堪设想的：不仅会遭到大多数诗词写作者和爱好者的反对和抵制，难以行得通，还会引起诗词界在创作、评析领域上的严重混乱。可以说，今后恐怕在三四个世代的时间内，还是处于向韵部体制大变动过渡的时期。当然，“过渡”就不是停滞没有变化，会是许多细小变化的不断发生和积累。在这过渡期已走过的前面阶段里，韵部就起了不小变化。大家在用韵、押韵实践中“不谋而合”地都已采取了的韵部并合（如 o 韵与 e 韵的合用，ai 韵与 ei 韵的合用，i 韵与 ï 韵的合用），如今可明定下来加以实行；某些未一致赞同的分并做法，不妨既定个可并合（即可同用或合用）的宽式，又定个分属不同韵的严式（如 u 韵与 ü 韵、in 韵与 en 韵，同用是宽式，别为二韵不通押是严式），两式可自由选择。

第三，确定适合于现今使用的韵部体系，应尊重二十世纪三十年代以来大多数诗词作者用韵、押韵共同走的路子：沿用他们采取的方式，以之为过渡时期韵部体系的基础。

这第三个原则性方面，虽然置于后位，却最须高度重视。因为大多数写作者在实践中不约而同地走出的变革路子，无疑是多数人用韵上适应于客观实际的一种主流趋势，有较高的合理性，也自然在某种程度上与另两个原则方面的要求相协调。因此，它是确定用韵新体制的最重要也极可贵的依据。

如今，为近体诗以及词、古风诗、古体诗的写作，定立一个在过渡时期里适用的韵部体系，关键性的第一步骤，就是尽可能广泛地集纳起多数诗人们一致的用韵方式，使用韵的变革路子清楚呈现。然后在此基础上，做些适当的补充、微调，以充分做到其他原则性方面提出的要求，并尽量做到音韵谐协的最大化。经一段时间的努力，这些步骤都已走完，获得还算完满的结果：一个符合实际而又有革新性的新韵部体系呈现了出来。

它共设二十个韵部，其中十六个是平、上、去声调的，其余四个为入声韵部。详细情况，见下面第八节的韵部表。该表可为近体诗用韵和选用韵脚字，提供一个新的、合理的依据和参用资料。

第八节　传统诗词过渡性的韵部体系

现代传统诗词过渡性的韵部体系，列表如下：

现代传统诗词的韵部系列

一　麻加韵

a ia ua

平声

阴平

ā　啊巴叭芭爸笆疤粑叉杈差妈葩趴啪沙纱砂裟鲨他它佗渣喳楂

阳平

á　茶搽查槎麻蟆拿扒杷爬耙琶孬咱

阴平

iā　加茄佳家笳痂枷珈嘉葭猳虾丫呀鸦哑桠

阳平

iá　遐瑕暇霞牙芽岈蚜崖涯衙

阴平

uā　哇洼蛙窊蜗抓挝髽

阳平

uá　华哗骅铧划

上声

ǎ　把靶䩗打卡马码哪洒傻鲊

iǎ　贾假斝瘕卡哑雅

uǎ　剐寡垮耍瓦

去声

à　坝罢弝霸灞欛汊岔诧姹大骂祃怕厦乍诈炸榨

ià 价驾架假嫁稼下夏罅亚讶迓娅

uà 卦诖挂絓罣褂化华画话桦挎胯跨

二 模科韵

o uo e [ɤ] er [ə][1]

(可与乌芦韵同用)

平声

阴平

ō 喔噢波播皤摸坡颇

阳平

ó 哦谟馍嫫摹模么摩磨蘑魔劘婆皤

阴平

uō 搓磋蹉瑳多锅过莎唆娑梭挲嗦蓑拖倭涡窝蜗

阳平

uó 嵯痤矬鹾罗萝椤啰逻锣箩骡螺那挪娜傩驮佗跎酡沱鼍

阴平

ē 阿妸婀车哥歌戈呵科柯疴苛珂砢窠牁轲颗髁奢赊畲遮

阳平

é 鹅蛾娥峨俄莪哦讹和禾河何荷蛇阇

阳平

ér 儿而洏

上声

ǒ 跛簸叵

uǒ 脞朵垛躲埵亸果裹火伙夥祼蠃蓏所琐锁妥椭我左佐

[1] 方括号内是国际音标标示的韵音。

ě　扯舸笴可坷喏惹舍者赭

ěr　尔耳迩饵珥

去声

ò　磨破

uò　措剉莝厝锉挫错堕舵惰过货祸懦糯唾卧涴硪坐座阼胙做作祚

è　厕饿个贺和荷课社舍射赦麝柘蔗

èr　二贰

三　乌芦韵

u

（可与鱼虚韵同用；在没有与鱼虚韵同用时，可与模科韵①、欧丘韵同用）

平声

阴平

ū　逋晡初粗都阇夫肤玞柎铁麸趺孵敷估姑沽孤鸪罛菇菰蛄辜酤觚乎呼刳枯仆铺痡殳书抒纾枢姝殊梳舒摅毹输疏蔬苏酥乌污巫诬朱洙侏诛珠株诸铢猪蛛槠潴橥租菹

阳平

ú　刍除雏厨锄滁蜍橱篨躇蹰徂殂凫扶孚俘蚨桴符罦蜉芙郛狐弧胡壶葫鹕湖瑚瓠糊醐卢芦庐垆炉泸栌轳胪鸬颅舻鲈

① 模科韵的 e、er 韵除外。

模奴孥驽蒲蒱如茹
儒濡嚅襦图荼徒途
涂菟屠瘏无毋芜吾
吴梧

上声

ǔ 补捕哺处杵础楮储
褚楚肚堵赌睹父甫
抚拊斧府釜辅脯俯
腑腐簠黼古诂股牯
贾罟羖蛊鼓瞽鹽虎
浒琥苦楛鲁橹虏掳
卤母牡亩拇姆姥努
弩圃浦溥普谱汝乳
暑黍署鼠数著曙土
吐午五伍仵迕庑怃
忤妩武侮捂鹉舞主
拄渚煮麈诅阻组
俎祖

去声

ù 布怖步部簿处醋杜
肚妒度渡镀蠹讣付
负父妇附阜驸赴副
赋傅富鲋赙固故顾
雇锢痼户护沪扈互
冱岵怙祜瓠库裤绔
路赂璐露鹭辂暮墓
慕怒铺戍树竖恕庶
数墅漱澍素嗉诉溯
塑兔务悟误晤雾恶
坞骛骛戊寤婺伫苎
助住纻贮杼注驻柱
炷著蛀铸翥箸

四　鱼虚韵

ü

(可与乌芦韵同用)

平声

阴平

ǖ 拘且苴狙居驹俱车
裾疽琚趄雎区岖袪

驱胠祛蛆躯趋吁讶

须虚嘘墟胥湑谞媭

需迂纡淤

阳平

ǘ　驴闾榈劬渠蕖瞿蘧

臞衢徐于予妤玙余

盂臾鱼禺竽俞谀娱

萸雩渔隅揄喁畲逾

腴渝愉瑜榆虞愚觎

舆窬

上声

ǚ　咀沮莒枸矩举莒踽

吕侣旅屡偻缕膂履

女取龉娶许诩湑糈

醑与予屿宇羽雨禹

语圄龉圉庾窳瑀敔

去声

ǜ　巨句聚拒具炬钜

倨据距惧锯踞屦

遽瞿醵鐻虑趣去

觑序叙酗绪溆絮

煦婿与驭芋吁妪

雨语预喻御寓裕

愈豫谕遇誉饫

五　茄靴韵

ie［iɛ］üe［yɛ］①

平声

阴平

iē　爹阶皆喈嗟街咩

些椰

阳平

ié　茄伽斜邪偕谐鞋携

爷耶揶铘

阴平

üē　靴

① 方括号内是国际音标标示的韵音。

阳平

üé 瘸

上声

iě 姐解且写也冶野

去声

iè 界介届戒诫芥疥借

解藉卸械谢泻榭薤

嶰獬廨澥瀣蟹曳夜

六 开杯韵

ai uai ei uei（ui）

(可与齐支韵同用)

平声

阴平

āi 哀挨埃唉猜钗差呆

该陔垓荄赅咍开揩

腮毸鳃筛酾胎灾哉

栽斋

阳平

ái 挨騃皑癌才材财裁

侪柴豺孩骸来崃徕

莱埋霾俳排牌簰台

邰苔抬骀炱鲐薹

阴平

uāi 乖衰歪

阳平

uái 怀徊淮槐踝

阴平

ēi 陂杯卑悲碑箄飞妃

非菲骓绯緋蜚扉霏

鲱胚坯醅

阳平

éi 肥淝腓累雷缧螺檑

礌镭羸罍枚眉莓脢

梅郿嵋湄媒楣煤酶

霉陪培赔裴谁

阴平

uēi（uī）吹炊堆归圭龟

妫规邽皈闺傀瑰鲑灰

㧑诙虺挥恢袆麾晖辉

翚麾徽隳亏刲峗悝盔窥虽荽睢濉推危委威逶偎葳微椳煨溦巍薇追骓锥椎

阳平

uéi（uí）垂陲捶椎槌锤箠回茴徊洄奎逵馗隗葵揆骙暌魁戣睽櫆夔蕤绥隋随颓

上声

ǎi 矮蔼霭捭摆采彩睬踩茝逮歹改海醢剀凯垲恺铠慨楷买乃艿奶载宰崽

uǎi 揣蒯甩

ěi 匪悱棐菲诽榧斐篚翡蜚耒诔垒磊累蕾儡藟瘤美每浼馁伟苇纬玮炜韡洧韪尾娓委逶萎痿痏椳亹

uěi（uǐ）璀漼皠轨匦宄庋佹垝诡鬼癸晷簋悔虺毁跬魄蕊水髓腿嘴

去声

ài 艾爱隘薆碍叆暧败拜稗呗采菜蔡虿瘥代岱绐骀玳带殆贷待怠埭袋逮叇戴黛丐钙盖溉概亥骇害忾欬徕赉睐赖濑癞籁励迈卖奈柰耐鼐派湃塞赛晒太汰态泰再在载债砦寨瘵

uài 踹嘬怪坏夬会块快侩郐哙狯浍脍筷鲙帅外

èi 贝狈备背褙被辈孛悖倍焙惫糒鞴芾肺费剕痱废吠泪类累酹擂颣

妹昧寐魅袂媚内沛霈
旆帔佩配辔

uèi（uì）吹萃淬悴瘁粹
翠脆毳对怼敦憝碓兑
队柜桧贵桂跪鳜会惠
哕秽翙诲晦慧蕙蟪彗
卉汇讳恚贿喙篲烩绘
荟浍嘒匮蒉喟馈愧聩
篑芮枘锐瑞睿蚋汭睡
税说悦岁祟淬遂碎脺
隧燧穗邃退蜕褪坠缀
惴缒膇赘醊最罪醉晬

七　豪萧韵

ao iao

平声

阴平

āo　凹熬包苞胞炮褒褒
操抄怊钞超剿刀叨
忉高皋羔槔膏篙糕
蒿薅尻捞猫抛泡脬
搔骚缫臊捎烧梢稍
筲艄艘叨涛绦掏滔
韬饕慆遭糟招昭
啁朝

阳平

áo　敖遨嗷廒獒熬聱翱
鳌麈螯曹槽螬漕嘈
巢朝嘲潮号嗥毫豪
壕濠嚎劳痨牢醪毛
矛茅旄锚髦侥挠猱
刨咆庖炮袍匏跑铙
荛娆桡韶咷逃洮桃
陶萄淘绹啕鼗

阴平

iāo　标彪骠镖飙镳瀌膘
杓刁叼貂雕碉凋交
郊茭浇娇姣骄胶鸡
椒蛟焦蕉教跤鲛礁
鹪撩剽漂缥飘悄硗

跷跻锹敲橇挑佻
祧枭枵哓骁鸮虓消
宵销萧硝销蛸翛箫
潇霄魈嚣幺夭吆妖
要喓腰邀

阳平

iáo 聊辽疗僚漻寥嘹撩
漻寥嘹獠寮缭燎鹩
苗描瞄嫖瓢藨乔侨
荞峤桥翘谯憔樵瞧
条苕调龆蜩髫鲦峭
淆爻尧肴轺峣姚窑
谣摇徭遥猺瑶飖鳐

上声

ǎo 袄媪拗饱宝保鸨葆
堡褓草慅吵炒导岛
捣倒祷蹈杲搞缟槁
鄗稿好考拷栲老佬
卯泖昴恼脑瑙跑扰
娆扫嫂少讨杳咬窅
窈早枣蚤澡藻爪
找沼

iǎo 表裱佼挢狡饺绞铰
矫皎搅筊跻剿徼
皦潦了蓼杪眇秒淼
渺缈藐鸟茑袅殍漂
缥巧悄愀挑窕小晓
筱杳咬窅窈

去声

ào 坳拗奡傲奥鹜澳懊
报抱豹鲍暴爆操到
悼倒盗道稻纛告诰
号好昊耗浩皓镐皞
颢灏铐犒靠涝茂眊
冒贸耄袤帽瑁貌懋
闹淖泡炮疱绕臊少
劭绍哨套要鹞曜耀
皂灶造噪躁燥召兆
诏赵棹旐照罩肇药

iào 摽吊钓窎调掉铫叫

峤觉校轿较教窖酵
噍噭徼醮料镣妙庙
尿票僄骠俏诮峭窍
鞘眺跳粜孝肖笑效
要鹞曜耀

八　欧丘韵

ou iou（iu、you）
（可与乌芦韵同用）

平声

阴平

ōu　沤讴瓯鸥欧殴抽绌
搊瘳兜蔸篼勾沟钩
篝抠眍搂剖收溲廋
搜飕馊艘偷优忧攸
呦幽悠櫌州舟辀诌
周洲驺诹陬

阳平

óu　仇俦帱裯绸畴筹酬
愁稠雠侯喉猴篌娄
偻楼耧蝼髅牟侔谋
眸缪蝥抔掊裒柔揉
糅蹂头投

阴平

iū（iōu）丢究鸠樛赳纠
阄啾溜妞丘秋
湫楸鳅鞦休庥
咻羞脩修鸺馐
貅髹

阳平

iú（ióu）刘浏流留旒
遛馏骝榴瘤
鹠飗牛囚求
虬泅酋逑球
赇遒裘璆

上声

ǒu　呕偶耦藕丑杻斗抖
陡蚪缶否苟狗笱吼
口篓塿搂某掊手守
首叟瞍嗾薮擞友有

酉卣莠牖黝肘帚走

iǔ（iǒu）九久灸玖韭酒

柳绺扭杻纽钮

糗朽

去声

òu 沤臭凑辏斗豆读逗

脰痘窦垢诟构购够

媾彀觏后厚逅候堠

叩扣寇蔻陋漏镂瘘

耨寿受狩售授绶兽

瘦嗽透右又幼佑侑

狖诱宥囿柚蚴釉鼬

纣宙咒绉皱憱胄昼

酎甃骤籀奏揍

iù（iòu）旧臼疚咎柩救

桕厩就僦舅鹫

溜谬缪秀岫袖

绣臭宿锈嗅

九 齐支韵

i ï［ɩ、ʅ］①

（可与开杯韵同用）

平声

阴平

ī 氐低羝提几讥叽饥玑

机乩肌机矶鸡奇笄姬

基覉赍畸跻箕稽畜畿

羁眯丕邳批伾纰坯披

铍铍妻栖凄萋欹攲欺

期梯兮西希稀娭熙牺

唏晞睎傒徯奚蹊豨嘻

嬉熹樨羲溪粞犀曦醯

巇鼷伊衣医依祎咿猗

漪噫黟鷖鹥

① 方括号内两个国际音标分别标示ï韵实际上不同的两个元音。

阳平

í　鼻丽厘狸离骊缅梨犁鹂蓠漓缡璃蒡蔆犛藜黎罹篱黧蠡弥迷眯猕谜縻縻蘼蘼醾尼泥呢怩倪霓猊鲵齯麑皮陂疲毗陴啤琵脾裨罴貔鼙齐祁圻歧其奇祈祇疧耆颀骑旂埼萁畦跂崎淇骐骑琪琦棋蛴祺锜綦旗蕲蜞鳍鬐绨荑稊鹈提骎缇啼蹄题仪圯夷痍匜迤怡饴宜贻沂诒簃姨扅蛇移遗颐椸疑嶷彝

阴平

ï̄［ɿ、ʅ］差疵骴玼司丝私思鸶偲斯缌飔厮罳澌撕嘶孜咨姿兹赀资訾淄缁辎嵫粢孳滋觜锱髭菑咊蚩鸱絺眵笞絺黐摛嗤螭魑尸师诗絁狮葹施蓍之知支氏卮芝枝肢栀觯搘榰胝祗脂

阳平

ḯ［ɿ、ʅ］词茈茨祠瓷辞慈磁雌鹚池弛驰迟坻持匙漦墀篪时埘鲥

上声

ǐ　匕比妣秕彼俾鄙氏邸诋坻抵底柢砥几己虮掎挤麂礼李里俚逦悝澧醴理蠡鲤鳢米浰弭敉靡拟儗你旎薿庀圮否痞嚭屺岂企启杞起绮棨膂跂稽体洗玺徙喜葸蓰屣禧蟢缅蟢已以苡矣迤蚁舣倚扆椅踦

ï̌［ɿ、ʅ］此玼泚跐鮆齿侈哆耻豉褫死史矢豕始驶使屎子仔籽姊秭第茈訾紫梓滓止址芷沚祉只枳咫旨指抵纸轵趾黹徵

去声

ì　币闭庇诐畀闷泌毖陛毙狴庳敝婢箆濞蔽痹弊髀贲避嬖臂地弟娣第帝谛蒂棣睇缔递螮计伎纪记芰技系忌际妓季剂荠洎济既觊继祭骑偈悸寄惎蓟跽霁鲚漈穄暨冀髻罽骥厉吏丽励利例疠砺栃隶戾唳荔俪莉莅莨粝蛎詈痢秘泥腻睨屁睥媲譬气弃妻炁契砌跂器憩揭剃屉涕悌替殢嚏戏饩系细肹禊乂义艺刈艾议衣异呓易诣羿谊肄裔意藙毅翳劓懿瘗施缢曀殪勚潩枻

ï̀［ɿ、ʅ］次伺刺佽赐炽翅眙啻傺庝巳四寺似姒汜兕伺祀饲泗驷俟食觋涘耜笥肆嗣士氏示世仕市逝事势侍试视贳柿是恃莳舐弑谥嗜筮誓噬澨自字牸恣眦渍至志豸忮识帜织挚制轾治峙庤致畤痔智痣滞彘置雉鸷贽稚寘疐踬觯

十　寒先韵

an ian uan üan

平声

阴平

ān 安庵谙鞍盦班斑颁
攽般搬瘢瘢参骖餐
觇搀幨襜丹担单眈
耽郸殚瘅箪帆番藩
幡翻干甘杆玕肝柑
竿酣憨鼾刊看勘龛
堪戡潘攀三叁毵山
芟杉删衫姗珊扇跚
潸膻贪叹探摊滩瘫
簪占沾毡旃邅瞻

阳平

án 残蚕惭馋禅谗孱缠
蝉廛潺蟾镵巉躔凡
矾烦墦蕃樊璠燔繁
蘩汗含函涵韩寒兰
岚拦栏婪阑蓝谰澜
篮斓襕蛮漫瞒谩鬘
男南难楠爿胖盘磻
磐蟠然燃髯坛昙谈
弹覃痰潭檀

阴平

iān 边砭笾编鳊鞭癫滇
颠巅戋尖奸歼坚间
肩艰监兼菅笺渐溅
犍湔缄蒹煎缣鹣鞯
拈蔫扁偏篇翩千阡
芊扦迁佥钎牵铅悭
谦签愆骞搴褰天添
先仙纤忺籼掀铦跹
锨鲜骞恹

阳平

ián 夵连怜帘莲涟联
鲢廉镰眠绵棉年
黏鲇便骈胼楩钤
前虔钱钳乾潜黔
田佃畋恬钿甜湉
填阗闲贤弦咸涎
娴衔舷鹇嫌盐

阴平

uān　川穿端关观纶官冠倌棺瘝鳏欢獾宽栓酸湍弯剜湾蜿专砖颛钻

阳平

uán　传船遄椽还环桓圜寰嬛鬟峦娈挛鸾脔圑銮团抟丸纨完玩顽

阴平

üān　捐涓娟鹃镌蠲圈悛棬眷轩宣谖萱揎喧暄儇翾鸢眢鸳冤渊痟鹓

阳平

üán　权全佺诠荃泉拳铨痊筌蜷鬈颧玄悬旋漩璇元园员沅垣爰湲袁原圆鼋援媛缘猿源螈辕橼芫

上声

ǎn　坂板版惨产刬谄铲阐胆亶黕疸反返杆秆赶敢感罕喊㘎坎侃砍览揽缆榄懒满赧冉苒染伞散糁闪陕掺坦袒毯趱斩飐盏展辗

iǎn　典点碘拣茧柬俭检捡笕减剪睑锏简趼谫戬碱蹇謇琏敛脸免沔眄勉娩冕湎缅撚辇碾撵浅遣谴缱忝殄倎觍腆靦显险跣铣鲜藓燹

uǎn　舛喘短馆琯管缓款卵暖犬畎绻阮软疃宛挽娩菀晚

脘惋婉绾转纂

üǎn 卷犬畎绻选癣远

去声

àn 犴岸按案暗黯办

半扮伴拌绊瓣灿

粲璨忏颤羼旦担

但诞萏啖淡惮弹

澹犯饭范贩梵干

旰绀赣汉扞闬汗

旱菡颔翰撼憾看

阚瞰烂滥曼漫蔓

幔漫慢嫚缦难判

拚泮盼叛畔衬散

讪汕扇善禅缮擅

膳嬗赡鳝叹炭探

暂錾赞占栈战站

绽湛蘸

iàn 卞弁抃汴忭变便遍

辨辩辫电佃甸阽坫

店玷垫钿淀惦奠殿

靛簟癜见件间饯建

荐健贱剑涧监舰渐

谏践毽腱溅鉴键槛

僭箭练炼恋殓链楝

潋面念埝片骗欠芡

茜倩堑嵌慊歉纤县

现宪苋限线陷馅羡

献腺霰

uàn 串钏窜篡爨段断

缎锻冠惯观盥灌

鹳罐幻换奂宦涣

唤浣患焕痪豢擐

镮漶乱蒜算彖万

腕传啭赚撰篆馔

üàn 卷倦狷绢圈眷劝

券泫炫绚眩旋渲

楦苑怨院媛愿

十一 真群韵

en uen（un）ün

（可与侵琴韵同用）

平声

阴平

ēn　恩奔贲郴琛嗔瞋分芬纷氛雰根跟喷森申伸身呻侁诜参绅甡莘娠深贞针侦珍真桢砧祯蓁斟甄溱榛箴臻

阳平

én　岑涔尘臣辰沉忱陈宸晨谌坟汾棼焚濆痕门们扪盆溢人壬仁任神

阴平

uēn（ūn）春椿村皴踆惇墩敦蹲昏荤阍惛婚坤昆崑裈琨髡鹍鲲孙荪飧吞暾温瘟遁谆尊遵樽

阳平

uén（ún）纯醇莼唇淳鹑漘存浑魂仑伦抡峇囵沦纶论轮麐屯饨囤饨豚臀文纹闻蚊雯

阴平

ǖn　军均君钧皲麇困逡勋埙熏薰纁曛醺缊氲煴

阳平

ǘn　裙群旬巡寻询荀峋恂洵珣浔焊循云匀芸沄纭昀耘筼筠鲟

上声

ěn　本畚磣踸粉很狠肯垦稔忍荏沈审渖婶哂诊疹袗枕轸畛缜鬒

uěn（ǔn）蠢刌忖盹衮

绲辊滚鲧捆阃悃壸

吮楯损隼榫笋刎吻

紊稳准撙

ǚn 允殒陨

去声

èn 笨衬疢龀称趁榇谶

分份奋忿愤偾拚粪

亘艮恨闷懑嫩恁刃

认仞任纫轫韧饪妊

纴衽肾甚渗椹葚蜃

慎汶问璺揾谮鸩阵

振朕赈揕瑱震镇

uèn（ùn） 寸圂沌钝盾

顿遁棍诨混溷慁困

论润闰顺舜瞬褪汶

问璺揾

ǜn 俊菌郡峻浚骏竣畯

训汛迅讯驯徇逊殉

巽噀蕈孕运郓酝愠

组韫韵晕蕴

十二　侵琴韵

in

（可与真群韵同用）

平声

阴平

īn 宾彬傧滨豳巾斤今

金津矜筋禁襟拼姘

钦侵亲衾骎嵚心辛

昕欣炘新歆薪馨因

阴茵洇裀荫音姻殷

堙喑闉愔禋

阳平

ín 邻林淋琳临粼潾嶙

璘辚磷燐霖鳞麟民

忞旻岷珉缗贫嫔频

蘋颦嚬芩芹秦琴禽

吟垠狺淫寅银龈崟

鄞龛嚚蟫霪

上声

ǐn　仅卺紧堇锦谨馑瑾
槿凛廪懔皿闵黾泯
闽悯敏品锓寝尹引
饮瘾隐蚓

去声

ìn　鬓膑殡摈尽进近荩
晋赆烬浸祲靳禁觐
殣噤牝聘沁囟信衅
印饮隐荫胤窨慭

十三　昌阳韵

ang iang uang

平声

阴平

āng　邦帮梆浜仓伧苍
沧鸧舱昌倡菖猖
阊娼伥创扨疮窗
当珰铛裆筜方坊
芳枋钫冈扛刚杠
肛纲矼釭钢缸夯
康慷糠滂丧桑伤
殇商觞螳汤镗赃
脏牂臧张章獐彰
漳嫜璋樟

阳平

áng　卬昂藏长场苌肠
尝常偿裳防妨肪
鲂房行吭杭航颃
郎狼阆琅榔浪廊
硠稂螂邙芒忙杧
龙盲茫铓囊庞逄
旁膀瀼穰瓤唐堂
棠塘糖溏膛螗

阴平

iāng　江将姜豇浆僵螀
缰疆枪羌戕跄腔
锵乡芗相香厢湘
缃箱襄骧瓖镶央
泱殃鸯秧鞅

阳平

iáng　良凉梁粱量粮踉娘强墙蔷嫱樯详降庠祥翔扬阳羊飏炀杨旸佯疡徉洋

阴平

uāng　创纵疮窗光胱荒肓慌匡恇筐双泷霜孀骦鹴汪望妆庄桩装

阳平

uáng　床幢皇黄凰隍遑徨湟煌锽潢璜蝗艎篁簧狂诳亡忘王

上声

ǎng　绑榜厂昶敞氅挡党谠仿访纺昉舫港朗莽漭蟒曩壤攘嚷嗓磉颡赏帑淌傥镋躺驵长涨掌

iǎng　讲奖桨蒋耩两魉抢强襁享响饷飨想鲞仰养氧痒

uǎng　闯广犷恍晃谎幌爽网枉罔往惘

去声

àng　盎蚌棒傍谤怅畅鬯唱当宕荡砀档放杠沆亢伉抗炕浪胖让丧上尚脏葬藏丈仗杖帐账胀障幛瘴

iàng　匠降将绛酱亮悢谅辆量酿向项巷相象像橡怏样恙漾

uàng　创怆晃滉榥圹纩

旷况矿贶框眶忘
王妄旺望壮状撞

十四　庚朋韵

eng ueng（weng）

（可与东雄韵同用；在没有前一种同用情形时，也可与青形韵同用）

平声

阴平

ēng　伻崩绷柽称琤蛏铛赪撑瞠灯登镫簦蹬丰风枫封疯峰烽葑锋蜂更庚耕赓鹏羹亨哼坑铿抨烹扔僧升生声狌牲胜笙甥增憎罾矰噌丁正争征筝铮琤峥钲症蒸

阳平

éng　层曾嶒成丞承城呈诚宬乘盛程惩裎塍酲澄橙逢缝恒横衡蘅棱虻氓萌蒙盟甍瞢朦曚朦幪濛能芃朋堋彭棚蓬篷绳腾藤疼誊

阴平

wēng　翁

上声

ěng　琫逞骋等讽埂耿哽绠梗鲠冷猛蜢艋懵捧省眚拯整

去声

èng　泵迸蹦秤凳磴瞪镫蹬凤奉俸缝更横孟梦碰圣胜晟乘盛剩赠甑正证

净政症

wèng 瓮

十五 青形韵

ing

（可与庚朋韵同用）

平声

阴平

īng 冰兵槟丁仃叮盯町钉疔京惊经泾荆茎菁旌晶粳兢鲸睛精倬青轻倾卿圊清厅汀听兴星猩惺腥醒应英莺婴撄嘤罂缨璎樱鹦瑛膺鹰

阳平

íng 令伶灵苓囹瓴泠玲铃翎鸰聆舲蛉零龄凌陵菱棂醽绫鲮名茗明鸣冥铭蓂溟暝瞑螟宁狞凝平评坪苹萍枰凭屏瓶勍情晴檠擎廷庭亭霆停渟蜓婷刑形型硎铏陉行饧迎莹萤荧萦茔营盈楹蝇赢瀛

上声

ǐng 丙秉柄饼炳屏禀鞞顶鼎井阱刭颈景儆警憬岭领酩顷请綮挺艇醒省影颖

去声

ìng 并病订定碇锭劲径净胫竞竟靓敬靖静境獍镜另令命暝佞泞庆清磬罄兴杏幸行性姓荇应映硬媵

十六　东雄韵

ong［ung］iong［iung］①

（可与庚朋韵同用）

平声

阴平

ōng　冲充忡翀舂憧艟匆枞锹葱骢璁聪冬东咚蝀工弓公功红攻供肱宫恭躬龚觥轰哄訇烘薨空悾忪松淞菘嵩凇恫通中忠终钟盅衷螽宗综踪鬃

阳平

óng　虫重崇从丛淙悰琮弘红闳宏纮泓荭虹洪鸿蕻黉龙茏咙泷珑栊昽胧砻聋笼隆癃窿农侬哝浓脓秾醲戎茸荣绒容嵘蓉溶瑢榕熔镕融同彤侗峒桐铜童酮鲖潼橦曈瞳

阴平

iōng　坰駉扃凶兄芎讻汹恟胸佣痈拥邕庸慵鄘雍墉镛壅饔鳙

---

① 方括号内是国际音标标示的韵音。

阳平

ióng　邛穷茕穹藭筇琼蛩跫雄熊

上声

ǒng　宠董懂巩汞拱珙栱蓊孔恐陇垄拢笼冗氄搣耸悚竦统桶筒肿种冢踵总偬

iǒng　冏迥泂絅炯窘永甬咏泳俑勇涌恿蛹踊

去声

òng　冲铳动冻栋洞共贡供讧哄澒蕻空控鞚哢讼宋送诵颂恸痛中仲众种重从纵糉

iòng　用

十七　答达韵

ab［ap］　ad［at］

uad［uat］　ag［ak］

uag［uak］①

（可与给得韵、猎滴韵、勃莫韵同用）

入声

ab　鸭押柙胛插锸答搭劄甲夹革袷袷押匣盍狭呷峡郏颊腊蜡镴呐妠纳喋歃靸鞳沓塌榻搨溻踏遢杂闸眨

ad　八捌刷察擦达妲乏

① 5 个韵音所用普通话拼音字母与国际音标的对应关系如下：ɑ＝a；b＝p；d＝t；g＝k。

伐法发筏黠瞎辣蝲
癞抹捺肭貀压刹杀
萨撒煞闼挞獭挖
滑猾

uad　刮聒擖

ag　扼轭白百佰帛伯刣
柏鲅鲌掰擘檗拆册
硋贼策格隔吓客赫
卡陌麦脈额迫拍魄
划或宅泽择责迮窄
摘谪栅掷翟

uag　掴馘划畫

十八　给得韵

eb［ɐp］　ed［ɐt］

ued［uɐt］　eg［ɐk］

oed［œt］　oeg［œk］

êg［ɛk］①

（可与答达韵、猎滴韵、勃莫韵同用）

入声

eb　缉葺辑急蛤鸽合洽
郃耠盒阁合及吸伋
级岌皂给立笠粒十
什湿隰堨暍入泣邑
偪浥揖习汁执袭拾
集槢蛰鳛

ed　不毕拔笔钹弼七漆
膝剢突弗伐芾佛刜
拂怫帗绂绋宓忽韨
罚罘阀筏檘吉诘拮
桔乞讫核乜勿物觅
袜密蜜讷兀匹失实
室蝨瑟一日佚轶佾

① 标示韵音的拼音字母（不重复上注提出过的 b、d、g）与国际音标的对应关系：e—接近于—ɐ；u = u；oe—接近于 œ；ê = ɛ。

壹逸质侄帙郅桎窒蛭榧锧

ued 诎拙骨倔掘崛窟屈尉蔚熨郁

eg 北侧测恻得德厄扼轭肋勒墨默塞忒特则鲗

oed 出黜律栗慄溧篥戌恤率蟀卒

oeg 芍杓卓逴婥绰辵斮鹊剁啄脚跻却掠略烁谑日若虐约跃药弱箬钥瘧雀着斮跻噱爵嚼攫

êg 壁鼊尺赤笛籊吃剧屐劈石硕涩锡踢只脊

十九 猎滴韵

ib [ip] id [it]

ig [ik]①

（可与答达韵、给得韵、勃莫韵同用）

入声

ib 妾窃谍喋碟蝶牒蹀叠劫笈怯挟惬胁猎鬣捏聂摄滠镊蹑孽帖贴涉亵嗫颞歙躞业叶页腌裛熠鄴靥魇接

id 必别憋瘪鳖切设沏彻撤迭秩跌桀傑杰结袺颉絜竭蝎偈碣列冽烈

① 标示韵音的拼音字母（不重复上两注提出过的）与国际音标的对应关系：i = i。

喉裂灭蔑篾撇瞥舌泄
绁屑薛铁餮咽热拽噎
节折浙哲倢捷婕蛣
鳖睫蜇截辙

ig　逼碧璧斥戚的击极
激力觅式适色昔拭
轼栻惜悉弑释舄蟋
亦弈奕译易怿驿绎
益液埸掖腋蜴即迹
积褯蹟鲫

十二　勃莫韵

ud［ut］　üd［yt］
od［ɔt］　ug［uk］
og［ɔk］①

（可与答达韵、给得韵、猎滴韵同用）

入声

ud　拨饽钵阔豁聒鸹豁
末沫秣活

üd　出夺掇血捋剟穴说
雪脱月阅越粤樾茁
拙绝裰撮

od　割葛曷渴喝褐瞎鞨
捺遏

ug　卜仆匐蹼瀑曝束促
畜蓄矗独笃毒督伏
宓服复茯匐幅福辐
腹複蝮蝠馥覆谷菊
擸麹哭斛曲鞠六陆

① 标示韵音的拼音字母（不重复上三注提出过的）与国际音标的对应关系：ü = y；o = ɔ。

录渌鹿禄绿磟麓木

目苜牧睦霂穆辱缛

褥夙肃叔宿属淑赎

缩熟秃屋玉肉育郁

狱欲彧煜毓鬻竹竺

俗祝烛妯逐轴族豚

筑牍粥触蜀嘱镞蹴

og 驳泊剥亳博搏箔僰

薄檗擘踱铎缚霍藿

各角国郭阁胳廓搁

壳学涸壑鹤扩觉岩

郝确傕榷乐洛络骆

烙落雒酪陌莫蓦貘

寞幕膜貘诺搦岳鄂

萼愕颚鳄恶扑朴雹

索朔塑讬托拓魄橐

橐沃获幄作卓桌啄

涿琢镯

第九节　近体诗对新定韵部的采用

上节提出的韵部系列，虽共含二十个韵部，但在一定情况下，实际包含的韵部数可大大减少。因为这新的体系承传了《广韵》—《诗韵》分韵体制的一种优良做法：有的韵部既可独用，又可与别的韵部同用（合为同一个押的韵来用）。这是极富弹性的，适当松弛开了韵部选用上的严紧限制，宽化了韵脚字的采用范围。

不同韵部可同用的情形，共有七种：

一，乌芦韵（u iu）在没有与鱼虚韵同用时，与模科韵（o uo <wo> e er）或欧丘韵（ou iou <iu、you>）的同用；

二，乌芦韵在没有与模科韵或欧丘韵同用时，与鱼虚韵（ü <yu>）的同用；

三，开杯韵（ai uai ei uei）与齐支韵（i ï）的同用；

四，真群韵（en uen <un> ün）与侵琴韵（in）的同用；

五，庚朋韵（eng ueng）（在没有与东雄韵同用时）与青形韵（ing）的同用；

六，庚朋韵（eng ueng）（在没有与青形韵同用时）与东雄韵（ong iong）的同用；

七，答达韵（ab ad uad ag uag）、给得韵（eb、ed ued eg oed oeg êg）、猎滴韵（ib id ig）、勃莫韵（ud üd od ug og）的同用。

前头一、二两种同用，若合起来看，意味着在实践中可省去一个韵部（即仿佛乌芦韵无须成一独立的韵部，只是剩下的模科韵、欧丘韵、鱼虚韵才各有此需要）。① 第

---

① 当然，从现实全面情况来看，并不如此；因为乌芦韵独用来押韵是很常见的。

三种同用，也意味着，同用的开杯、齐支两韵可省减其中之一。① 第四种同用，意味着同用的真群韵与侵琴韵可省去其中的一个。第五、第六两种同用，加合起来同样意味着，可减一个一边韵音与青形韵靠近而另一边又与东雄韵接近的韵——庚朋韵。② 最后第七种的同用——四个入声韵可相互同用的最宽合韵式，自然意味着，诸入声韵的分立在此时等于被取消，而代替以只设立一个包罗所有入声字的、笼统的入声韵。③

这样，七种同用加连起来的结果，是在特定情况下，能总共减少七个韵部。新的韵部体系，是未尝不可在特定

---

① 由于开杯韵、齐支韵各自独用来押韵的情形，也很常见，两韵无论哪一个实际上都不能省。

② 庚朋韵实际上须留下来独成一韵部，原因与上面①、②两注脚所述相同：该韵常独用来押韵。

③ 虽然对于母语为吴方言（其浙南土话除外）、闽北方言或湘方言的人来说，四个入声韵同用（即合为一部），不会影响押韵的效果而只带来便利（因为这三种方言都简单地只有一个入声声韵特征，很适宜于单一入声韵部），但是对于母语为粤语、客家话、闽南话或赣方言的人来说，由于这四种大方言的入声韵复杂一些，依据由其内部主要元音异同情况而划定的四个入声韵系列来选用入声韵部，音韵会更为协和，而且还能更多地保留平水韵传统的成分。因而把入声韵部分立为四个（而非单立一个），让它们分别独用于押韵（同时也容许它们同用如成一韵部），也是适应于实际需要，符合现代新韵部“过渡”性质的要求的。

条件下，看作只包含十三个韵部的。这一隐存的数量，完全消除了与民间十三辙韵部数的差距。说明新的韵部体系不仅构建在现代汉语音韵系统的基础上，反映了它重要的面貌特点，而且立韵在讲求精严的同时，又注意做到适当的宽泛，使体系可灵活变动而简化，很大限度地照顾到了北方话方言区广大群众的音韵习惯。不过，韵部的这一新体系，同时也适当地容纳了南方大方言部分音韵特点，保留了平水韵一部分仍然须用和可用的分韵格局，承传了《广韵》一系韵书划分韵部宽严两可的灵活方式。

总的来看，新韵部体系的确立，有至为要紧的一点应该说明：它是大体依据百年来中国主流传统诗作的多数用韵情况而确定的。表明了它不仅基本顺应了汉语音韵的历史发展趋势，而且符合于用韵新依据须最大限度地兼顾好南北写作者们用韵习惯的要求，能根本上改变百年来用韵欠缺统一依据和合理依据的混乱情状。

新体系的每个韵部，其实都久已在实践上被采用，只是或普遍，或较少见，而且没有集纳起来形成确定的韵部体系罢了。现在，不妨具体看看每个韵部在构成上和使用上的有关情况。

麻加韵（ɑ iɑ uɑ）这个韵部比较简单：协韵实体只是

单元音韵母 ɑ 及带介音的 iɑ、uɑ；不能与其他任何一个韵同用。主要因应于平水韵的“麻韵”，不过须要摒除平水麻韵的“车”“蛇”“遮”“奢”“赊”“佘”（都已起音变，入今模科韵的 e 韵）和“邪”“耶”“琊”“椰”“揶”“爷”“爹”“茄”“嗟”（都亦已生音变，入今茄靴韵的 ie 韵或 üe 韵）等字；另外，又须纳入平水韵的小部分“佳韵”字（“佳”“差”“涯”“厓”“涡”“娃”“哇”等）。现代传统诗作押麻加韵，和古代押平水麻韵，不同之处就只在于不采用或采用上面前后所分别列出的那些字作韵脚。例如，现代的麻加韵近体诗：

题　画　梅

启　功

孤山冷淡好生涯，
后实先开是此花。
香遍竹篱天下暖，
不辞风雪压枝斜。

末句韵脚“斜”字的读音，依古来习惯，可是 xiá。

（录自王成纲主编《华夏吟友》，第 21 页，中国文联出版公司，1995 年）

五七干校值夜（二首其二）

姚雪垠

银汉横空北斗斜，
豪情久坐灿如霞。
三春宇宙添星象，
诸夏山川献物华。
空有灵泉埋地底，
岂无好梦到天涯？
何须感慨嗟头白，
且看悬崖霜白花。

（录自王成纲主编《华夏吟友》，第 48 页，中国文联出版公司，1995 年）

“文革”书感

霍松林　1970 年秋

熬过严寒待物华，
狼奔豕突毁春芽。
凋零文化连年火，
寥落人才到处枷。
吉网罗钳通地狱，

蛇神牛鬼遍天涯。
“史无前例”夸新创，
忍对神州看暮鸦！

（录自王成纲主编《华夏吟友》，第 1064 页，中国文联出版公司，1995 年）

模科韵（o uo e er）这是以两个分别都可独立的协韵实体——o 元音、e 元音为基干，加上 er 所组合而成的韵部。使用模科韵部，较常见的情形，是在同一首作品里用上 o 韵（包括它前带介音 u 的 wo）和 e 韵的韵脚，或再用上 u 韵的韵脚；单用 o 韵或 e 韵作韵脚的情形，则较为少见——这是 o、e 两韵的字都相当少所决定的。圆唇元音 o 和展唇元音 e 在音感上和发音动感上，都有不很大的但仍清楚的差异，合起来押韵，同作一首作品的韵脚，显得不十分协和；之所以要把 o、e 合在同一韵部里，诗人们之所以会在创作实践中做这样的安排，除了因为 o 和 e 有一定的近同（都是后半高舌位的元音）外，o 韵字和 e 韵字都很少就也是个原因。至于卷舌元音 er，韵字更少——总共只有十个，且其中仅有三个为平声字（见上面第八节“韵部系列”表中的“二　模科韵”），是难以成一首作品独押的韵的。加以卷舌音很独特，er 音和 e 音之间以及和 o 音之间的差异都相当明显（尽管两音开头有舌位一致的同似性，它却不能消除这明显差异的负面影响），把 er 韵字与 e、o 韵字同用来押同一个韵（模科韵）的情形，也是很少见的。下面举几个现代近体诗用模科韵部的实例：

答厦门大学校友

蔡厚示

老来长苦旧情多，
演武亭前影未磨。
四十八年伤逝水，
无穷馀恨付悲歌。
能宽心者天方大，
肯读书人志不颇。
一梦至今谁了却，
秋风白下眺星娥。

（录自王成纲主编《华夏吟友》，第 482 页，中国文联出版公司，1995 年）

登岳阳楼

林从龙

一楼雄踞得天多，
画本高张万象和。
衡岳晴岚云梦雨，
巴陵山色洞庭波。
江湖廊庙同忧乐，
日月乾坤任啸歌。
喜见春风帆竞发，
何须垂钓羡渔蓑。

（录自庄严主编《辉煌二十一世纪中华诗词集锦》，第656页，作家出版社，2003年）

塞　上　行

碧玉箫

九月轻霜点薜萝，
青天白雁渡黄河。
三关落照秋原阔，
万里边防猛士多。
羌笛翻吹南国曲，

金刀笑解大风歌。
朔方军事何须问，
院校书生夜枕戈。

（录自王成纲主编《华夏吟友》，第 852 页，中国文联出版公司，1995 年）

再戏为六绝句·惜墨

臧克家

惜墨如金自律苛，
三秋就简树删柯。
洛阳纸价频频涨，
关涉文章废话多。

（录自王成纲主编《华夏吟友》，第 66 页，中国文联出版公司，1995 年）

乌芦韵（u <wu>）　协韵的实体，是个简单的后高圆唇元音单韵母——u。不过，常可在同一首诗里，韵脚除了用 u 韵母字之外，也用到能通押的鱼虚韵 y 韵母字。有时，u 韵母字亦可与通押的模科韵 o、uo 韵母字或欧丘韵 ou、iou 韵母字，同作一首诗的韵脚（至于模科韵的 e 韵母字——更不必说 er 韵母字——由于 e 为展唇元音，与圆唇的 u 音感上差别较大，是极少同用的；实际上以不同用为宜）。下面举一些现代近体诗用乌芦韵的实例：

沽上踏青即景（三首其一）

周汝昌

风暖花深七二沽，
长桥东畔草芳敷。
红桃人面俱无迹，
崔护重来事事殊。

（录自王成纲主编《华夏吟友》，第 39 页，中国文联出版公司，1995 年）

微 雨 插 秧

臧克家

诗情错赏旧农夫，
细雨蓑衣稻满湖。
泥腿而今塘水里，
此身自喜入新图。

（录自王成纲主编《华夏吟友》，第 66 页，中国文联出版公司，1995 年）

浮　云

范　曾

浮云蔽日负莼鲈，
枨触伤心忆旧都。
酸泪应同工部矣，
青泉尚识许由无?
蓬门掩闭箫声断，
小径徘徊竹影孤。
我独抱冲甘寂寞，
蒲团夜坐自醍醐。

（录自王成纲主编《华夏吟友》，第 83 页，中国文联出版公司，1995 年）

访钟传义先生

孔凡章

（有长序，本书从略）

重阴连日九衢淤，
细雨停车处士庐。
满架琅环幽室静，
一畦花木俗尘疏。

乌芦韵（庐、疏、书、如）与鱼虚韵（淤）同用。

相逢何必岐王宅，
慢捻犹存贺老书。
长揖出门心若失，
龙钟分袂意何如？

（录自王成纲主编《华夏吟友》，第10页，中国文联出版公司，1995年）

三十自述

杨玉清

卅载辛勤志未舒，
胸中块垒几时除。
河山破碎头颅贱，
湖海奔波骨肉疏。
落落一身存本色，
滔滔天下逐祭余。
人生还是糊涂好，
深悔当年多读书。

乌芦韵（舒、除、疏、书）与鱼虚韵（余）同用。

（录自王成纲主编《华夏吟友》，第27页，中国文联出版公司，1995年）

印度纪游·八纳城（二首其一）

赵朴初

风云八纳旧名都，
阿育王朝耀霸图。
留得恒河流不尽，
平沙阔岸想规模。

（录自王成纲主编《华夏吟友》，第 46 页，中国文联出版公司，1995 年）

鱼虚韵（ü < yu > ）　协韵的实体，是个简单的前高圆唇元音单韵母——y。不过，除了韵脚全用 y 韵母字的情形之外，还有兼用 y 韵字韵脚和 u 韵字韵脚（因乌芦韵能与鱼虚韵同用）的情形。例如：

中俄边境·额尔古纳河

张卫明

额尔古纳不名虚，
鳞飞玉溅水上车。
当年可笑刀兵阵，
化作商船咄欷嘘。

（录自王成纲主编《华夏吟友》，第 31 页，中国文联出版公司，1995 年）

画 鱼 自 题

林 岫

初试淋漓墨，
草香春雨余。
窥惊如有思，
过疾似驰车。
白眼对冠客，
碧波摇雾裾。
前三百年事，
安识我非鱼？

（录自王成纲主编《华夏吟友》，第 34 页，中国文联出版公司，1995 年）

赠残疾画家张惠斌

沈 鹏

男儿何必伟身躯，
君是人间千里驹。
幼小拯孤遭折骨，
半生含泪吐明珠。
呕心沥血求真美，

鱼虚韵（躯、驹、宇）与乌芦韵（珠、枯）同用。

托物缘情写盛枯。

翰墨滔滔天下塞，

有思南郭愧操竽。

（录自王成纲主编《华夏吟友》，第 21 页，中国文联出版公司，1995 年）

美游绝句（四首其二）

戈　革

（有序，本书从略）

信得长安不易居，

天风吹我上飞车。

老来自炫雕虫技，

到处留题古篆书。

鱼虚韵(居、车）与乌芦韵(书）同用。

（录自王成纲主编《华夏吟友》，第 8 页，中国文联出版公司，1995 年）

茄靴韵（ie　üe < yue >）　这是个险韵韵部，平声韵字总共只 23 个。用茄靴韵的近体诗作十分稀少。有的作者把现代正常读音的“街”“斜”“携”等茄靴韵字，混用为齐支韵诗的韵脚，是不应该的。茄靴韵与齐支韵互不谐协，不能同用。采用茄靴韵来写的近体诗，自然只宜于是韵脚字采用量最少的绝句。

乌 衣 巷

刘天送

步行街上乌衣巷，
王谢馆前细雨斜。
自古荣华浑是梦？
六朝权贵最堪嗟！

（录自《南英诗刊》2014 年第 2 期）

望 鄱 阳 湖

易 白

碧波蓝昊秀和谐，
更有白轮划湖斜。
栌浪香山风过似，
同生憾惜难挟携。

开杯韵（ai　uai　ei　uei <ui>）　协韵的实体，以 ai 韵母、ei 韵母为主，此外是它们各加上介音 u 的韵母——uai、uei（ui）。由于齐支韵不带尾音的协韵实体——单元音韵母 i、ï，与开杯韵协韵实体的尾音一致或相近，开杯韵是可以与齐支韵同用的。近代以来，不少近体作品就做了这种同用。显然，那是合理的做法。两个韵部同用于一首诗作，只要仍基本保持谐协，就没有理由不可放宽容许其存在，以利于诗的写作。下面是现代近体诗采用开杯韵部的实例：

麓山杂咏·麓山寺

李淑一

古寺山中迥，
禅门长碧苔。
云移山欲动，
风发日飞来。
木落钟逾静，
泉流梵正开。
凌空身似鹤，
幽径独徘徊。

（录自王成纲主编《华夏吟友》，第 25 页，中国文联出版公司，1995 年）

长句为雪芹作

周汝昌

千年一见魏王才，
落拓人间未可哀，
天厚虞卿兼痛幸，
地钟灵石半庄诙。
朱灯梦笔沉残稿，
翠崦寻痕涨锦苔。
曾是青蝇涂白壁，
为君湔浣任渠猜。

（录自王成纲主编《华夏吟友》，第 39 页，中国文联出版公司，1995 年）

咏　纸　鸢

文怀沙

破晓凌风去，
莺儿许共飞。
一丝悬碧落，
日暮未言归。

（录自王成纲主编《华夏吟友》,第 3 页，中国文联出版公司，1995 年）

次韵聂君绀弩

启　功

汤火惊魂竟不飞，
万方有罪四人肥。
二毛无恙移干土，
上座依然摄敝衣。
后日自知销后患，
先生初计已先非。
学诗曾读群贤集，
如此心声世所稀。

开杯韵（飞、肥、非）与齐支韵（衣、稀）同用。

（录自王成纲主编《华夏吟友》，第21页，中国文联出版公司，1995年）

华山日观峰

刁永泉

欲上青霄览四维，
鸿蒙寂杳未开时。
寒烟漠漠羽衣舞，
古木萧萧夜乐吹。
覆地山涛翻醉墨，

开杯韵（维、吹）与齐支韵（时、思、词）同用。

浮空雾绪吐幽思。
云端谁试书天手，
一抹晨曦绝妙词。

（录自杨璐、刘跃钊主编《千古绝唱——中华当代诗词名家名句选集》，中国广播电视出版社，2004 年）

豪萧韵（ao　iao）　这是个南北方言之间、古今共同语之间都差别较小的韵部，平声韵字又不算少，比较便于使用。现代近体诗的用例如：

参加中国文学艺术工作者
第四次代表大会感赋

霍松林

文艺精兵意气豪，
“争鸣”“齐放”振风骚。
春浓赤县香花艳，
日丽红旗斗志高。
已挽狂澜驱虎豹，
争歌四化掣鲸鳌。
人寰正要新诗史，

万国衣冠看彩毫。

（录自庄严主编《辉煌二十一世纪中华诗词集锦》，第 1162 页，作家出版社，2003 年）

访杜甫故里

林从龙

笔架山前一旧窑，
千秋诗史接风骚。
地灵自古因人杰，
嵩岳巍巍孰比高？

（录自庄严主编《辉煌二十一世纪中华诗词集锦》，第 655 页，作家出版社，2003 年）

欧丘韵（ou　iou < iu、you >）　是唯一在韵的音值上与平水平声“尤”韵、上声“有”韵、去声“宥”韵一致，而且在所包括的韵字上也一致的韵部。不仅如此，该韵部韵字的韵音，在各大方言之间及它们与普通话之间，也一致或大体一致。因此写近体诗押欧丘韵，是最方便又相当简单的，只要选用的韵脚字确为平声字，就不会有任何问题。只是欧丘韵可与乌芦韵同用，带来一点小小的复杂因素。举几个押欧丘韵的近体诗例子：

七旬晋八抒怀（二首其一）

袁第锐

骨鲠襟怀未肯休，
难从故纸觅春秋。
老随意气扬清浊，
少负青春作马牛。
结社廿年凭毁誉，
清吟半世失薰莸。
书山坐拥成痴妄，
一卷诗轻万户侯。

（录自庄严主编《辉煌二十一世纪中华诗词集锦》，第 879 页，作家出版社，2003 年）

喜看澳门政权交接仪式

林从龙

龙腾狮舞遍神州，
万国衣冠萃一楼。
历史喜迎新世纪，
濠江无复旧春秋。
波平碧海航程畅，

艳吐青荷雨露稠。
欧亚桥梁通九域，
好凭善政展鸿猷。

（录自庄严主编《辉煌二十一世纪中华诗词集锦》，第 655 页，作家出版社，2003 年）

庚寅六月三十日寅时得子

霍松林

（有长序，本书从略）

即是明珠亦暗投，
年来苦为稻粱忧。
龙争虎斗真三国，
凤泊鸾飘欲九州。
初惧啼声惊里巷，
旋疑骨相类王侯。
黎民愿作升平犬，
敢望生儿似仲谋？

（录自王成纲主编《华夏吟友》，第 1064 页，中国文联出版公司，1995 年）

题平凉明塔

碧玉箫

宝塔冲霄矗，
高城脚下浮。
陇原横地轴，
泾水入天流。
古柳春风绿，
残碑盛世修。
平生多感慨，
爱上最高楼。

欧丘韵(流、修、楼)与乌芦韵(浮) 同用。

（录自王成纲主编《华夏吟友》，第 851 页，中国文联出版公司，1995 年）

齐支韵（i　ï<i>）　包括三个不同的单元音韵母——舌面前高元音的 -i 韵母、舌尖前元音的 -i［ɿ］韵母、舌尖后（卷舌）元音的 -i［ʅ］韵母，三者音近，可合起来押韵。不过，舌面前高元音韵母字已相当多，很便于只使用这类韵母字协韵，以求得韵音完全同一而更谐和。由于两类舌尖元音韵母的字合起来看也不算少，只用这两类韵母字作一首作品的韵脚称得上易行，那样做的协韵效果亦较佳，故而有不少写诗者（特别是熟悉舌尖后元音和舌尖前元音的北方方言区的作者）也喜欢这样做。至于独用舌尖前元音韵母字或卷舌元音韵母字来押韵，那接近于作险韵诗，较为少见些。相反，避险恶而求安易，不仅混用齐支韵的 -[i]、-[ɿ]、-[ʅ] 三类单元音韵母字，而且进一步放宽押齐支韵的用字范围：使齐支韵与有 i 尾音的开杯韵同用。现代使用齐支韵部的近体诗实例：

团泊洼诗选·“五一”有感（二首其二）

吴祖光

今古谁能断藕丝，
万家惆怅怨别离。
烟波去去江天阔，
岂独乡思只自知。

（录自王成纲主编《华夏吟友》，第 29 页，中国文联出版公司，1995 年）

读龚自珍诗碑得句

孙轶青

风雷骏马共鸣时，

方改齐喑旧日姿。
生气植根民主化，
变通则久万年基。

（录自庄严主编《辉煌二十一世纪中华诗词集锦》，第 236 页，作家出版社，2003 年）

武夷山纪游（四首其三）

孙轶青

一代词宗出武夷，
晓风名句峦情痴。
尤长俚语新声细，
赢得井边唱柳词。

（录自庄严主编《辉煌二十一世纪中华诗词集锦》，第 237 页，作家出版社，2003 年）

辛丑 2 月 27 日，吴闻女士见访，邀看大观园，感赋为报

周汝昌

芳园人说帝城西，
花柳官桥迹欲迷。
翠锦久陈身后事，

只用舌面前高元音韵母（-[i]）字作韵脚。

天香犹榜梦中题。
季伦旧语终难解，
文叔新编倘易齐。
多幸来朝叩关处，
试从燕嘴觅芹泥。

（录自王成纲主编《华夏吟友》，第 39 页，中国文联出版公司，1995 年）

老　黄　牛

臧克家

块块荒田水和泥，
深耕细作走东西。
老牛亦解韶光贵，
不待扬鞭自奋蹄。

情况同前首作品。

（录自王成纲主编《华夏吟友》，第 65 页，中国文联出版公司，1995 年）

无题（四首其一）

文怀沙

昨夜分明梦见之，

碧纱窗外雨丝丝。
悄看玉镜相逢晚，
黯对金樽欲语迟。
终是骄矜终是怯，
故应憔悴故应痴。
春风又拂谁家院，
秾李夭桃自入时。

只用两类舌尖元音韵母（-[ɿ]、-[ʅ]）的字作韵脚。

（录自王成纲主编《华夏吟友》，第 3 页，中国文联出版公司，1995 年）

怀　友

李淑一

旧雨乖违久，
时艰信转迟。
那堪征战日，
又赋别离诗。
红叶知人恨，
青灯笑我痴。
同心不知处，

情况同前首作品。

何以慰相思。

（录自王成纲主编《华夏吟友》，第 25 页，中国文联出版公司，1995 年）

咏　古　柏

楚图南

云影翩飞月影迟，
参天古柏岁寒时。
风涛雷雨都经过，
锻就金钢铁骨枝。

只用舌尖后元音韵母（-[ʅ]）的字作韵脚。

（录自王成纲主编《华夏吟友》，第 64 页，中国文联出版公司，1995 年）

狱　中　吟

林默涵

秋风瑟瑟雨丝丝，
坐对囚窗欲暮时。
雁过长空音讯断，
云封别浦梦魂驰。
谁教急管吹愁曲，

齐支韵（丝、时、驰、思）与开杯韵（眉）同用。

我自低吟托远思。
黯影森森笼四壁，
月华一线照寒眉。

（录自王成纲主编《华夏吟友》，第 35 页，中国文联出版公司，1995 年）

寒先韵（an　ian　uan　üan）　使用中很少会出现什么问题。只是这个韵部包括的韵字，比平水韵的“寒”韵、“先”韵合起来所包括的要多一些——一部分平水 - m 尾韵字现代也入寒先韵①（因 - m 尾音在北方话和共同语里已消失，为 - n 尾音所替换），母方言为北方话的写作者押寒先韵只按韵音（an、ian、uan、üan）选用韵脚字便成，用不着顾虑会混入那些原收 - m 尾音的韵脚字；而母方言有 - m 尾韵母的写作者押寒先韵，也无须把寒先韵中母方言 - m 尾音字同 - n 尾音字区辨开，且无须将前者排除出韵脚字的选用范围。现代押寒先韵的近体诗例：

① 其余的那部分平水 - m 尾韵字，现代则入真群韵。

赠白凤

端木蕻良

一夜灯花柳欲烟，
萧门遥祝月团圆。
唾壶崩剥随声碎，
铜鼎斑斓着意编。
翠墨志舒蕉叶绿，
白头期解草头玄。
袁安此日无拥雪，
乘兴归来抱月船。

（录自王成纲主编《华夏吟友》，第 64 页，中国文联出版公司，1995 年）

夜读史

林默涵

春宵漠漠一灯残，
展卷浑忘破晓寒。
百代绮罗余寂寞，
万重金粉尽阑珊。
诗怀有忿和忧写，

青史无情带笑看。
动地荒鸡鸣大野，
攀天硕鼠泣危杆。

（录自王成纲主编《华夏吟友》,第 36 页，中国文联出版公司，1995 年）

登黄河游览区浮天阁

蔡厚示

一阁浮天宇，
三川汇此间。
风吹波上下，
诗逐浪回环。
极目中原阔，
忧心世道艰。
仰瞻神禹像，
能不泪潸潸？

（录自王成纲主编《华夏吟友》，第 482 页，中国文联出版公司，1995 年）

真群韵（en uen < un > ün） 比较特别之处，是包含 en 韵以及同 en 在主要元音上有不小差别的 ün 韵。此二韵都收尾音 – n，它们的韵字一并选作同一首作品的韵脚时，韵音还算相近而谐协，故可合在一个韵部里。其实，所有的 ün 韵字在平水韵产生时，是南北方言都读 en 韵音或很近于 en 韵的音,① 因而被置于“真、文、轸、吻、震、问”韵字中的。如今合 en 韵（包括带上介音的 uen 韵）、ün 韵于一个韵部，就既符合于协韵历史传统，也适应于现代韵部宜精简化的要求，避免 ü 韵若独成韵部必带来的困窘：韵字稀少，无从提供足够的韵脚字。

真群韵又可与侵琴韵同用，协韵字的选用范围是比较宽阔的。现代近体诗采用真群韵部及“同用”到侵琴韵部时，不必顾忌并排除这两个韵部内古时原读（今粤语、客家话、闽南话仍读）－m 尾音的韵字（如“针”“沉”“森”“寻”“今”“音”之类），因依据普通话无－m 尾音韵母的音韵系统，现代不设－m 尾韵的韵部。② 采用真群韵部的近体诗实例：

① 今粤方言仍把北方话和普通话大部分 ün 韵字读为 en 韵或很近于 en 韵的音，可以证实这种情况。

② 喜欢按平水侵、覃、盐、咸－m 尾韵体制协韵的粤、客、闽南方言区人士，须适从绝大多数人押－n 尾韵、不押－m 尾韵的大趋向，放弃押－m 尾韵的习惯做法，照顾难以区辨－n、－m 尾韵字的北方话区、吴语区、湘语区、赣语区及闽北话区的广大人群。

寄楠莉巴黎

范　曾

崇楼自此有炎神，
收拾莺花劫后身。
九逝骚魂萦皓月，
一双醉眼对红尘。
苍葭白露情何恨，
秋水伊人梦尚真。
烟雨家书传化外，
相期作伴再青春。

（录自王成纲主编《华夏吟友》，第 83 页，中国文联出版公司，1995 年）

刘　公　岛

马萧萧

雄岛巍然峙国门，
水师督署迹犹存。
厅陈图片歌悲壮，
山耸崇碑炳烈勋。
残炮无声吞旧恨，

锈锚有泪吊忠魂。
朝廷欲把降幡挂，
将士空捐报国身。

（录自庄严主编《辉煌二十一世纪中华诗词集锦》，第 21 页，作家出版社，2003 年）

赠陈毅同志

郭沫若

一柱天南百战身，
将军本色是诗人。
凯歌淮海中原定，
团结亚非正义伸。
赢得光荣归祖国，
敷扬文教为人民。
修篁最爱莫干好，
数曲新词猿鸟亲。

作者是用平水真韵写此诗，但亦合过渡时期的新韵制则——真群韵（身、人、伸）与侵琴韵（民、亲）同用。

（录自黄杏祥主编《世界传世诗词全集》，第 550 页，中国文联出版社，2007 年）

谒华陀庵诗

马萧萧

节过端阳拜药神，
庭园草木正萎深。
剖刳首创散麻沸，
保健今传戏五禽。
去毒有方刀入骨，
防奸无术祸临身。
权淫之下谁堪料，
鉴此常寒智士心。

真群韵（神、深、身）与侵琴韵（禽、心）同用。

侵琴韵（in）　包括的韵字，有和寒先韵、真群韵相类似的情况——也是当中有一小部分字在上古、中古时期（包括平水韵产生和流行开来的宋金时期）的汉语里和现今粤、客、闽南方言里，读 -m 尾韵而非 -n 尾韵。因此，粤语区人、客籍人、以闽南方言为母方言的人，用自己的家乡话来写近体诗时，若单选用侵琴（或真群或寒先）韵内这部分 -m 尾韵字作韵脚，那样虽然主观上押 -m 尾韵（也就是押平水平声的侵、覃、盐、咸等韵），客观上却也是在押过渡时期新韵部的 -n 尾韵。可见，侵琴韵以及真群、寒先两韵，都能适当照顾到南方三个大方言区的人们押 – m 尾韵的传统习惯，而在此同时，又可保持新韵部体制在韵部划分和使用上的一致性。下面举现代近体诗押侵琴韵的实例：

南泉杂咏示竹友四首（选一）

霍松林

休向渔人更问津，
已无汉魏已无秦。
多情春色来千里，
大好云林付万民。
便铸铜山作机器，
即驱铁马辟荆榛。
烽烟定逐残冬尽，
一入新年事事新。

（录自庄严主编《辉煌二十一世纪中华诗词集锦》，第 1162 页，作家出版社，2003 年）

新制布被

启　功

布被制来新，

轻柔稳称身。
诗酣头正盖，
草熟画偏匀。
榻暖晨开户，
炉红夜减薪。
冰天行脚处，
添得一肩春。

侵琴韵（新、薪）与真群韵（身、春、匀）同用。

（录自王成纲主编《华夏吟友》，第 21 页，中国文联出版公司，1995 年）

何　处

周汝昌

何处祠堂柏翠森，
鹂音草色最难吟。
当时讵敢悲深语，
此日宁偿愤极心。
独有灵灰铺赤县，
能无骏骨铸黄金？
批周便是亡中国，
一诵遗言泪满襟。

作者是依平水的侵韵选用韵脚字（其古读音都收 -m 尾，都含一致的主要元音），但亦符合押现代侵琴韵的要求（即韵脚是侵琴 in 韵字）。

（录自王成纲主编《华夏吟友》，第 39 页，中国文联出版公司，1995 年）

怀滨海父老

马依群

响水深入海，
潜仑震泽吟。
移山微志达，
哺育母亲心。
蒿叶陈婆饭，
芦花贫叟衾。
于今犹在目，
梦里未忘寻。

作者似依平水侵韵选用韵脚字，但亦符合押现代侵琴韵（in——诗中出现在“吟”“心”“衾”）可同用真群韵（en、ün——诗中出现在“寻”）的定则。

昌阳韵（ang　iang　uang）　与平水平声“江”“阳”、上声“讲”“养”、去声“绛”“漾”六韵一致。包括的韵字，是平水这六韵字之和，数量很多。所以采用这个韵来押韵，是很便利的。在平水韵制里，“江”韵与“阳”韵相通①，“讲”韵与“养”韵相通，“绛”韵与“漾”韵相通；在过渡时期新韵制里，昌阳韵则反映现代音韵实际，内部没有“江”与“阳”的、“讲”与“养”

① 韵与韵相通，就意味着相应的两韵可同用。

的以及“绛”与“漾”的区分，也不保留韵音完全相同而仅仅声调上有别的多余韵部（即虚设的不实韵部）。这使昌阳韵在使用上，与加合起来的“江阳讲养绛漾”六韵实际基本相同，只是显得单纯一些而更便于操作。不过，平水韵制中，“江”“阳”韵与“东”“冬”韵、“讲”“养”韵与“董”“肿”韵、“绛”“漾”韵与“送”“宋”韵都可同用，新韵制的昌阳韵却不相应也与 ung <ong> 韵音的东雄韵同用。ang 韵音的主要元音 a 与 ung 韵音的主要元音 u，舌位及唇形都差别颇大（前者为前低展唇元音，后者为后高圆唇元音），致使二韵在音感上大不相近。同用它们来押韵，实际上并不谐协，徒然对协韵起损害的消极作用。

下面举现代近体诗押昌阳韵的典型实例：

冰川擦痕

王成纲

三百万年余几方？
峥嵘巨石卧山岗。
春秋纵历汉家史，
功绩难忘李氏郎。

地貌曾经多冷酷，
人间何日少沧桑？
休言此际游踪杳，
谁解殷勤探古香？

（录自王成纲主编《华夏吟友》，第 5 页，中国文联出版公司，1995 年）

澳门回归喜赋

林从龙

四百年前旧粤疆，
黑沙湾外气苍茫。
牌坊犹现当时影，
妈阁新开此日光。
珠海月明临镜海，
香江水阔接濠江。
松山耸翠红旗舞，
蔚作青荷别后妆。

（录自庄严主编《辉煌二十一世纪中华诗词集锦》，第 655 页，作家出版社，2003 年）

七旬晋八抒怀（二首其二）

袁第锐

拭目相看海变桑，
昔时行迹漫思量。
七成岁月闲中了，
一半须眉梦里霜。
永忆春心随蜀帝，
难忘秋肃凛胡杨。
遥承前纪开新纪，
劫火馀生作凤凰。

（录自庄严主编《辉煌二十一世纪中华诗词集锦》，第 879 页，作家出版社，2003 年）

印度纪游·八纳城（二首其二）

赵朴初

当日巍峨百柱堂，
僧房栉比拥坛场。
二千二百余年事，
恍见群贤会十方。

（录自王成纲主编《华夏吟友》，第 46 页，中国文联出版公司，1995 年）

东雄韵（ung　< ong >　iung　< yong >）　韵音与庚朋韵（eng）比较接近：除都以舌根鼻音为尾音外，前者的主要元音 u 实际上是舌位比后高元音［u］低一些的［ʊ］（［ʊ］的舌位处于 u 和 o 之间)，其音感上和发音动感上都与后者的主要元音 e（［ɤ]，其后半高的舌位与 o 一致）差别不大。所以，东雄韵可与庚朋韵同用。有的人还进一步，以也是有舌根鼻音尾的青形韵（ing）与东雄韵同用，这就失之过宽，是不适当的——从实行新韵部体制的立场来说，就是违反定规的，不合法的。后近高圆唇的主要元音 u（［ʊ]）与前高展唇的主要元音 i 明显有别，ung 韵音与 ing 韵音音感上相互差别很大；东雄韵字与青形韵字若同作一首诗的韵脚，是无从互相谐协，形成押韵的效果的。现采用东雄韵的近体诗，并非偶然，大多都关顾到韵音是否真正谐协，不掺入青形韵的韵脚字，使全部韵脚都用东雄韵字充当，或兼从东雄韵和庚朋韵选韵字作韵脚。例如：

秋　怀

钱锺书

啼声渐紧草根虫，
暖暖停云抹暮空。

作者似收平水东韵韵字作韵脚（“风”

疏落看怜秋后叶，
高寒坐怯晚来风。
身名试与权轻重，
文字漫劳校拙工。
容易一年真可叹，
犹将有限事无穷。

（录自王成纲主编《华夏吟友》，第 54 页，中国文联出版公司，1995 年）

在平水韵产生的时代，是和“空”“工”等同属东韵——ong——的），但由于“风”现代的韵音已变为 eng，故不妨也可看作同用东雄、庚朋二韵。

卢沟桥建桥八百年纪念

楚图南

浑水石狮天下雄，
峥嵘桥上啸春风。
蓦然抗敌鸣烽火，
如雷吼声传远空。
万众齐心摧恶寇，
八年血战建奇功。
漫言晓月清如水，
更喜朝阳遍地红。

东雄韵（雄、空、功、红）与庚朋韵（风）同用。可能作者是用平水东韵来定此诗的韵脚字，不过也合新韵部可同用东雄、庚朋的定则。

（录自王成纲主编《华夏吟友》，第 64 页，中国文联出版公司，1995 年）

庚朋韵（eng　ueng　<weng>）　在任何一首押庚朋韵的具体作品里，若没有同时兼用到东雄韵的韵字作韵脚，即没有出现庚朋韵与东雄韵的同用现象时，可用上青形韵的韵字作韵脚而与庚朋韵的韵脚字协韵。反过来一样：若没有出现庚朋韵与青形韵的同用现象时，便可用上东雄韵的韵字作韵脚来与庚朋韵的韵脚字协韵。两种情形遵守着同一个原则：庚朋韵虽既可与东雄韵同用，又可与青形韵同用，但是东雄韵音与青形韵音差别不大①，彼此并不谐协，在押同一韵的诸韵脚字中不能兼有这二韵的韵字——哪怕有庚朋韵字居中把它们远隔开也罢。②

下面举几个单用庚朋韵或避免让庚朋韵同时兼与东雄韵、青形韵同用的近体诗实例：

广东新丰城之夜

舒　辛

一派霓虹不夜城，

① 东雄韵的主要元音 u［ʊ］是圆唇后近高元音，而青形韵的主要元音 i 却是展唇前高元音。

② 在这种情形下，注重循环反复回味的整个押韵韵律音感，也会出现不谐协的或破坏整体谐协的负面因素。

深宵弥漫踏歌声。
工商事业初移步，
仕女官绅竞舞能。
独有街头蹲老汉，
犹维摊档伴清灯。
几人肯尽操劳苦？
起咏窗旁叹瘦铿。

（录自黄杏祥主编《世界传世诗词全集》，第152页，中国文联出版社，2007年）

泾河杂咏

霍松林　　一九七〇年

横风吹雨打牛棚，
黑地昏天岁几更！
毒蝎螫人书屡废，
贪狼呼类梦频惊。
久闻大汉尊侯览，
休叹长沙屈贾生。
剩有孤灯须护惜，

庚朋韵（棚、更、生）只与青形韵（惊、鸣）同用。

清光照夜盼鸡鸣。

（录自庄严主编《辉煌二十一世纪中华诗词集锦》，第 1162 页，作家出版社，2003 年）

二到张留侯祠

碧玉箫

莫道男儿只纵横，
英雄归隐列仙名。
丹炉夜气凝金液，
石洞春风长药精。
立世何须官职老，
做人最怕骨头轻。
秦亡楚灭韩彭死，
一枕松涛伴鹤声。

庚朋韵（横、声）只与青形韵（名、精、轻）同用。

（录自王成纲主编《华夏吟友》，第 852 页，中国文联出版公司，1995 年）

青形韵（ing）　采用来给近体诗协韵，是方便的（因拥有不少常用的韵字），但是常见到的情形是与庚朋韵同用，独用（特别是独用于律诗）很少见。这与写作者比之于对押韵韵音高度谐协的追求，一般更喜欢拥有尽可能多的候选韵脚字，以便于造出最佳意境有关。例如：

赠西藏战友

碧玉箫

卅载西陲七尺轻，
男儿真可作干城。
风窝沙海常云暗，
雪窖冰天大戟横。
唐古山高鸿雁断，
林芝春涨筏舟行。
军民共建文明后，
汉藏新添一段情。

青形韵（轻、行、情）与庚朋韵（城、横）同用。

（录自王成纲主编《华夏吟友》，第 852 页，中国文联出版公司，1995 年）

夏日抒怀

姚雪垠

日日案头挥汗雨，
笔端虎吼待雷鸣。

青形韵（鸣、平、晴）

经多实践思方壮， 勘破浮名意自平。 晓日半窗迎鸟语， 午阴满院落蝉声。 楼前倘有低云过， 注目遥虹赏晚晴。	与庚朋韵(声)同用。

（录自王成纲主编《华夏吟友》，第48页，中国文联出版公司，1995年）

十翼五十初度

文怀沙

义田祖泽所传情， 忧乐楼间沐令名。 十翼光华诗共画， 一胸丘壑甲和兵。 当年南郭眼中小， 今日东瀛馆里京。 万笏堂前筵五秩， 筹添海星祝门生。	青形韵(情、名、兵、京)与庚朋韵(生)同用。

（录自王成纲主编《华夏吟友》，第4页，中国文联出版公司，1995年）

再度泛舟北江偶成

袁第锐

悠悠小舸峡中行，
猿鹤辽天一梦轻。
犹记年时游福地，
深情注得北江清。

（录自王成纲主编《华夏吟友》，第1080页，中国文联出版公司，1995年）

答达韵、给得韵、猎滴韵、勃莫韵 四个入声韵，都不入近体诗韵脚所用韵的范围。古来，近体各式律绝诗都只用平声字作韵脚来押韵，不用任何仄声字。现代近体诗继承了这一有助于保持近体音响特色的传统。由于入声是仄声中唯独含阻塞因素的声调，明显带浓重噪音，不利于韵字发挥韵律音乐性的作用，所以特别讲求音韵美的近体诗不用入声韵的韵字作韵脚。这个定则值得长期保持下去。

对于可押平声韵，也可押仄声韵的现代古体诗、古风诗以及词来说，押仄韵中的入声韵时，入声的答达等四韵是可全体互相同用的——即统合起来作为单一入声韵部来用。在此同时，母方言有入声的诗人，亦可在入声韵内，选用韵音相同相近（包括主要元音相同相近、主要元音和尾音都一致、尾辅音一致等情形）的韵字来押韵，求得入声韵韵音的高度谐协。这与新韵部的押韵准则不相冲突而实际上相调和。具体情形，在下面有关节段再细说。

第十节　近体诗的复杂韵律

在谈完现代近体诗的韵部和用韵问题之后，本节须要返回体式方面的论述：谈多少与用韵相关的韵律——那是体式在绝大多数情况下包含有的一个构成部分——问题。

先看近体诗的韵律情况。

近体诗的韵律，是古今汉语诗歌中内涵最殷厚、组织最复杂的。它拥有几类相互交叠起来的不同韵律体：

（一）诗句一定平仄相间的定式所形成的平仄韵律：

近体五言句的平仄韵律，不仅有四个平仄句式分别表现出的基本式，还另有一个扩展式：

A，仄仄/平平/仄—（仄○）

B，平平/仄仄/平—（平○）

传统诗句两个字音合念一拍，是所谓音步。诗句尾的仄声或平声字音，往往延长一倍来念，从而可自成一个完整的音步。诗句的字，依自左至右的序向，居复数位置的，其读音都是音步的后半拍。相邻的音步，各后半拍字音或在平仄上相反（如上面的 A、B 和下面的 C），或在平仄上（在平仄变通句式里）一致（如下面的 D、E），都可形成相间着对立声调而复现同类声调的平仄韵律。

A 式接连上 B 式，也形成平声与仄声规律相间的、加倍长的韵律。

C，仄仄/平平/仄—/平平/仄仄/平—

D，平平/仄仄/仄（正则平仄句式“平平平仄仄”变通成的变则句式①）

E，仄仄/平仄/平（正则平仄句式“仄仄仄平平”变通成的变则句式②）

近体七言句的平仄韵律，有两个分别由一平仄句式整体表现出的完整式、两个各由平仄句式后部所展现的半截式：

F，仄仄/平平/仄仄/平—（平〇）

G，平平/仄仄/平平/仄—（仄〇）

H，仄仄/平平/仄平/仄（“仄仄平平平仄仄”的变则

①② 参见本章第二节　律诗平仄体制。

句式①)

I，平平/仄仄/平仄/平（“平平仄仄仄平平”的变则句式②）

六绝存在句内两相连的平声字或仄声字隔着两对立声调字而复现的情形，另又存在平起首句第一音步“平平”连接以“仄平平仄”的情形，这就可相应形成三个比较特别的平仄韵律：

J，仄仄/平平/仄仄

K，平平/仄仄/平平

L，平平/仄平/平仄

（二）诗句韵脚的韵音一定形式的反复所形成的韵脚韵律。它也包含两种：

近体五、七言律诗都一韵到底，除首句入韵的韵脚外，偶数句的韵脚彼此隔等长的时段重现该韵音，形成韵音规律地回环复现的韵律；

五、七言律绝和六绝首句入韵的韵音在第二句韵脚上重现时，以及首句不入韵的五、六、七言绝句末句句尾重现韵音时，都另成韵音只重现一次的短截韵律。

所有这些韵律，都不仅在构造的材料和形式上不同于

①② 参见本章第二节　律诗平仄体制。

诗句平仄韵律，而且在节奏上比后者舒缓得多，从而不免有点儿隐晦。不过，由于近体诗用的韵都必须是平声的，而平声的韵音在声调的音高表现上必然比较平稳或只有轻而缓的升降，比必无平稳音高而充斥大量噪音成分的仄声调韵音，具有强得多的乐音性。因而近体诗的韵脚音悠扬亮丽，进而又导致其定则复呈所形成的韵律优美动听。

（三）个个大小一致的音步及其后的间歇，规律地反复重现所形成的音步韵律：

A，出现在五言律绝每句内的：

××/××/×—（×○）/

B，出现在七言律绝每句内的：

××/××/××/×—（×○）/

C，出现在六绝每句内的：

××/××/××/

这样的音步韵律，在古体诗和古风诗中也存在。不过由于任何一首五言的、七言的或六言的近体诗里，诗句都等长，句句的音步节奏不仅完全一致，而且彼此还又首尾相衔接，形成一种运行于作品全部诗句的音步大韵律。这是古体诗中的骚体以及古风诗中部分歌行、五古（皆出现句子长短不齐者）所不会有的情况。

律绝不仅自身贯串着音步大韵律，而且音步末的小间歇恰与意义节段一般的区划处相叠合。这导致音步的节奏更为鲜明、有力。

应该看到，律诗的韵律还伴有一种特殊律动——对仗之联前后两句间的美妙比照——的陪衬，这更增强了它引起声情回环的力度。

律绝里纵横交叠、处处分布的韵律，产生的一种可贵艺术作用，使诗作的韵味得以形成：前者带来的美感以及声情多样回环，融汇到所谓诗味——诗作意境里，便生成诗人们着力追求的韵味。①

近体诗韵律的多样性和复杂性，不仅是这一大类诗体的显著特征，而且是它在形式的优美表现上，大大胜于古体诗和古风诗的决定性因素。

第十一节　近体诗用词和语法特点

作为意蕴含蓄、形式整齐的一大类诗歌，近体诗在词

---

① 关于韵律、诗味、韵味三者的相互关系，可参看舒辛《韵缕——亚欧吟草》（天津古籍出版社，1999 年）的自序。

语和语法手段的选用上，不仅大异于非艺术性质的文体，而且与同时代的艺术散文、古体诗、古风诗、词、曲等也有不小差异。词语和语法手段的选用情况如何，直接影响到近体诗的表现形态。可以说，它是各种诗歌的体式个性赖以形成的必要因素。对于近体诗来说，自然也不例外。

先看现代近体诗在词语采用上的一般倾向。

自古以来，近体诗隐约存在一个使用词语的大趋势：主要采用同时代的书面词语。唐诗词语和诗经楚辞所用的大不一样，就是由于各自主要采用同时代书面词语的缘故。今天，近体诗自然也应主要采用现代汉语书面词语（包括那些当代仍存活于书面的古词语）。诗界在创作实践中体现出来的用词倾向，也正是如此。

有的守旧者，一味摹古，只搬用古代的陈词旧语，反对现代词语入诗。这是不正确的。“死语僻字，过于古旧，用之无益，徒增晦涩。”① 其实，时代递嬗，语言词汇随之而变，作为语言艺术的诗歌在用词上怎能亘久不改，不以主要采用现代（包括当代）的活词语为原则呢?

---

① 舒辛《韵缕——亚欧吟草》自序，天津古籍出版社，1999年。

今人写作近体诗，诚然须承用古来近体诗所采用的一些古旧词语（大体上是仍存活于现代汉语书面的古词语不小的部分），以保持近体诗固有的格调和表现方式。但是不能因此而拒用现代和当代产生的词语。须知诗歌倘若不用现代（含当代）词语——尤其是当代产生并流行的书面词语，便很难真切地反映现实生活，很难呈现出时代性。

至于现代或当代的书面词语，和古旧词语用在一起是否会不协调，可不必顾虑：只要安排恰当，现代和当代的书面词语，一般是能与古旧词语融熔合流的。近三四十年来，不少诗词名家的律绝作品就兼用了这两类词语，并不让人感到互不协调。例如：

英雄城浏阳

林从龙

谁说浏阳小有名，
人文胜迹遍山城。
一腔戊戌斑斑血，
凝聚群心启后生。

“人文”“凝聚”是现代的书面词。“戊戌”（在这里指晚清光绪勇作的政变）“后生”是古词。

（录自霍松林主编《中华传世诗词选集》，第721页，中国文联出版社，2004年）

望 夫 石

林从龙

莫问崩城事有无，
口碑载道胜丹书。
孟姜不是新潮女，
倚石年年若望夫。

“新潮”是当代出现的词，与其前的古词“丹书”无不协调感。

（录自霍松林主编《中华传世诗词选集》，第 721 页，中国文联出版社，2004 年）

喜神舟五号遨游太空归来

马依群

中华今崛起，
展翅大鹏飞。
鲜花盈夹道，
锣鼓撼天雷。
世界惊龙舞，
红旗耀国徽。
炎黄圆大梦，
百族唱芳菲。

“红旗”“国徽”是当代词，与其后的古词“炎黄”“芳菲”可相谐协。

（录自霍松林主编《中华传世诗词选集》，第 30 页，中国文联出版社，2004 年）

悼念小平同志八首（其四）

霍松林

梁摧栋毁蕙兰焚，
谁挽狂澜拯兆民？
几度打翻终奋起，
百般锤炼愈精纯。
高悬标准分泾渭，
尽破牢笼放凤麟。
民主弘扬兴百利，
春回禹甸降甘霖。

“打翻”“标准”“民主”等现代词，与附近的古词“焚”“麟”“甸”“甘霖”等无不协调感。

（录自霍松林主编《中华传世诗词选集》，第 1193 页，中国文联出版社，2004 年）

甚且在现代汉语的口头词语中，口语色彩较淡的那部分，只要使用得当（如使其前后靠近着书面色彩不浓厚的书面词语），不但与现代（包括当代）一般书面词语谐调，而且还可与书面上存活的古词语谐合。因而口语色彩不浓的一些口头词语，也可进入律绝（是少量地、个别地进入）。这种情况，在古代就已出现过，而且不难见到。例如唐代几位大诗人，就不时于诗句中用上口头词语：

空劳酒食馔，特底解人颐。

（王维《慕容承携素馔见过》尾联）

世事浮云何足问，不如高卧且加餐。

（王维《酌酒与裴迪》尾联）

卫青谩作大将军，白起真成一竖子。

（李白《述德兼陈情上歌舒大夫》尾联）

衰疾那能久？应无见汝时。

（杜甫《遣兴》尾联）

知君苦思缘诗瘦，太向交游万事慵。

（杜甫《暮登四安寺钟楼寄裴十迪》尾联）

这是值得今天律绝的写作者们积极效法的。

在以采用现代书面词语为主的大原则下，近体诗一方面审慎地适当采用古旧词语和口语色彩不浓厚的现代口头词语，另一方面却放手采用具有形象色彩的词语：因为它们有助于诗歌意境的鲜明呈现。这种词语，包含以下多类：

构造上生动别致的复合词，如“佛手”“吊钟”“鹅黄”“吐翠”“映山红”之类；

鲜明地表示某种特殊运动形态的动词，如“瑟缩”“颤抖”“蹉伏”“摇曳”“晃荡”之类；

构造上，有能起描摹作用的叠音形式或后缀“然”的形容词，如“滚滚”“滔滔”“胀鼓鼓”“绿油油”“愕然”“泰然”“粲然”等等；

语音形式逼肖现实某种声音的拟声词，如“轰隆”“哗啦”“丁当”“噼啪”等等；

本义对转义能起形象烘托作用的词，如“沐浴”“包袱”“疙瘩”“顶峰”之类；

字面意义以生动形象比喻出深层真实意义的短小成语①，如“马前卒”“左右手”“落汤鸡”“空城计”“刮地皮”“一气呵成”“捅马蜂窝”“泥牛入海”“鸡飞蛋打”之类；

短小而表意生动具体的惯用语②，如“无影无踪”“非同儿戏”“一笔勾销”“功败垂成”“叹为观止”“相形失色”“忘年交”“一溜烟”之类。

---

①② 成语和惯用语都属于语言词汇中的固定语。二者的区别是：成语的真实意义非其字面意义，而是由后者所比喻或暗示的含义；惯用语则在表义上没有这种拐弯曲折，其字面意义即为（或基本上便为）真实意义。当成语、惯用语不止一个义项时，须逐个义项看意义的表示方式如何（是字面上直接展示出来，还是借由字面意义拐弯地比喻或暗示出来），来确定这时相应考察单位的类别性质。换言之，在多义的情况下，面对的单位可能跨类，也可能不跨类。这与一个多义词可能在不同的义项上，属不同的语法类别（名、形、动等）或统属一个语法类别的情形相类似。

近体诗在语法手段的使用上，与文学散文、议论文、报告、广告等有重大差异。可分开几点来说：

首先，除使用古来一直通用于书面文字的语序——主语在谓语之前，宾语在述语之后，定语、状语在被修饰成分之前，补语处于述语之后或述语与宾语之间等——之外，常为了符合平仄句式的要求或突出某个着意点，把原语序加以改变——一般是把相应的两个句法成分，在孰先孰后出现的顺序位置上颠倒过来。就是说，容许采用顺序形式大改的、非定则的语序。例如：

家园驰驱颜色好，戍襟且插野桃花。

（杨朔绝句《春感》的后联）

方所状语中心成分“家园”的定语“颜色好”，其本应有的、在“家园”前的位置，改在“家园”及述语动词之后。

一柱天南百战身，将军本色是诗人。

（郭沫若七律《赠陈毅同志》首联）

作为“一柱”的定语，“天南”不在正常的位置——中心成分之前，而是反置于中心成分之后。

溪山犹辨儿时路，松菊难寻劫后家。

（林从龙七律《回乡偶感》颈联）

作为宾语“儿时路”的定语，“溪山”不是正常地直接贴近在“儿时路”之前，而是改在整个述宾结构之前；对句中作为宾语的“松菊”，不是正常地位于状述结构（“难寻”）及定语（“劫后家”）之后，而是改置于后两者之前。

这样一些由写作者临时安排的、并非语言固有的语序，被学界归入“意合法”的范畴。所谓意合法，指诗句中相关联的词语单位不是凭靠语法手段（如语言固有的一定语序、只含语法意义的虚词、词内意义虚化的词素）组合起来，而只凭借彼此在意义上相关联而聚结一起。在绝大多数传统的诗体中，都可见到它的踪迹。特别在近体诗里，最常、最密集地应用了意合法。可以说，语序的芜杂、多变，是近体诗在语法方面一个明显的特征。

其次，在短短几个字的诗句里，容下两个甚而三个彼此紧相连接又平行并列的主谓结构（或省去所配主语而余下的谓语）——表面上都非完整、独立的“小句子”，从而使整个诗句成了一种特殊的、不完备的“复合句”——无论紧相连接的“小分句”之间还是“小分句”之内，都无一定的语法形式（包括特定长度的停顿）来显示它们之间有什么语法关系。这样的现象，在现代律绝里常可见到，算得上是近体诗的一种句法特点——实质上，它就是意合法应用到把不同的小分句（而非不同的词）联结为一个特殊复合句（单一诗句）的层面。例如：

水啸山悲动，风呼树叶昏。

（马依群《商城道中口占》尾联）

凯歌淮海中原定，团结亚非正义伸。

（郭沫若《赠陈毅同志》领联）

日坐高楼天地阔，笔扬当代自由风。

（丁芒《丁亥春节寄兴》［四首之一］颈联）

寒烟漠漠羽衣舞，古木萧萧夜月吹。

（刁永泉《华山日观峰》领联）

再次，体词性谓语（包括诗句中独用或接连两用、三用的几种情形）较常应用，也是现代近体诗的一种语法特色。例如：

马兰路上青春影，鹞子河边战斗连。

（邓拓《晋察冀纪事》颈联）

秧田草岸竹屏风，叠翠遥笼晚照红。

（臧克家绝句《晚收工》前联）

一柱天南百战身，将军本色是诗人。

（郭沫若《赠陈毅同志》首联）

“天南”是“一柱”的定语，其位置由在“一柱”之前改在“一柱”之后。这不影响“一柱天南”为诗句前一个体词性谓语的身分。

千秋劲骨栋梁体，万古雄魂云梦中。

（郭绍英《颂老松》颈联）

“云梦中”是“万古雄魂”的定语，倒置于“万古雄魂”之后。因此，对句是一个体词性谓语。

最后，律绝的诗句里，不容出现连词（“和”“与”“及”“以及”“连同”等等）、介词（“同”“对”“向”“被”“以”“于”“在”等等）、句末语气词（“呢”“吗”“吧”“啊”“呀”“欤”“耶”等等）、助词（“了”“着”“过”“来着”等等）之类的语法虚词。① 这是近体诗在语法方面一个明显而重要的负面特征。

---

① 这是由律绝每句字数不多、句数又很有限，每个字都须用来表现实际意思所决定的。但是偶尔在某种特殊情况下，可以让个别连词或介词进入诗句。

第三章　古体诗和古风诗

第一节　古体诗的概念和使用

现代一般知识分子，甚至诗界中人，对何谓“古体诗”，认识模模糊糊。有的人认为，所有在新诗出现之前就存在或存过的诗体，就是古体诗。即概念上，大致是把古体诗与旧体诗或旧诗等同起来。不少人对这种宽泛的理解，有所质疑，但是比较倾向于把古风诗包含在古体诗之内。

其实，古体诗和古风诗并不互相包容。“旧体诗”或“旧诗”，也并不等同于古体诗。前者是相对于新诗而言的、遵从传统规格的诗；而后者乃是前者当中活跃于上古时期、无平仄格律的部分。因此，作为旧体诗当中一个古色古香大类别的古体诗，是隋代唐初近体诗成型并流行开来之前，先后出现的多种诗体的总汇：以《诗经》为代表的四言句体、以屈原《离骚》为代表的骚体、以西汉柏梁诗和东汉张衡《思玄赋系辞》为代表的七言句体、以无名氏《古诗十九首》及曹植诗为代表的五言句体、适作歌谣哼唱的三言句体等。

当写近体诗已蔚为风气时，部分诗人并未忘情于质朴的古体诗。他们大多写作古旧的五言体和七言体诗，但是让它们带上近体诗的部分组织特点。比如，也分设出句和对句，二者字数相同；对句句末设韵脚，即便是开首之句句末也可以入韵。

这样看来，古体诗的格律约束性是相当轻微的。它实际上只须遵循下列定规：诗句的字数有一定（骚体除外）；偶数句末设韵脚，首句句末是否入韵两可；押平声韵或仄声韵俱可；可一韵到底，诗中亦可换韵。

随着隋朝和唐初形成越益重视格律的风气，诗人们把一些与平仄相关的格律加到五、七言古体中，以致使五言古体与七言古体演化成古风诗体（具体情况，下一节谈）。但是古旧的四言诗体 、三言诗体以及骚体虽然显得在不小程度上被诗界所冷落，却在长久年代间一直保持着其生命力。直到现代，仍可不时见到使用这几种古体的作品。例如：

四言古体诗：

飞越准噶尔上空

邓介欧

（有长序，本书从略）

云海茫茫，有波无浪。

峰染朝霞，谷拟夕阳。

透过云幔，沙海浩荡。

波涛深处，油龙激昂。

（录自霍松林主编《中华传世诗词选集》，第127页，中国文联出版社，2004年）

仿曹操《神龟》诗吟得

舒　辛

神龟称寿，端在恬淡。

游龙戏凤，寂沉漫漫。

秋菊傲霜，不慕春华。

烈汉歌啸，云海为家。

珍馐石丹，予谁妙好？

涵养浩然，青春永葆。

（录自刘叔新《南北咏痕——诗词稿选抄》，天津人民出版社，1993 年）

看 2007 年两会闭幕后温总理答中外记者问实况报道感怀

李　威

艳阳三月，万里春光。
冰融雪化，惠风和畅。
天安门前，国歌奏响。
盛哉两会，大幕已降。
代表散去，各赴其岗。
人人脸上，春风荡漾。
各路记者，云集会堂。
众目之下，总理登场。
步伐稳健，神采飞扬。
满面春风，拱手而上。
温文儒雅，落落大方。
从容冷静，气宇轩昂。
内政外交，了如指掌。

国计民生，系挂心上。
旁征博引，语短情长。
信手拈来，古典诗章。
恰为点染，生动形象。
措词得体，分寸适当。
出言恰似，金石作响。
掷地有声，句句铿锵。
泱泱大国，总理难当。
主政三载，业绩辉煌。
云山苍苍，江水泱泱。
总理之风，山高水长。

（录自黄杏祥主编《世界传世诗词全集》，第 286 页，中国文联出版社，2007 年）

自题画像

沈　鹏

尔发已苍，视亦茫茫。
留心翰墨，术略无方。
名曰大鹏，飞过星梁。
年界花甲，命中属羊。

非求开泰，如何吉祥?
铅刀为用，无愧龙骧。
或效耕牛，食草其芳。
日日挤奶，质量平常。
满座皆欢，不善举觞。
为人作嫁，有时瞎忙。
但问耕耘，忘记夕阳。

（录自王成纲主编《华夏吟友》，第 20 页，中国文联出版公司，1995 年）

三言古体诗：

爱国、守法、诚信、知礼

三字歌·爱国篇

张道义

爱祖国，善始终。
国是娘，华人同。
史碑上，载英雄。
古岳飞，报精忠。
思乡曲，马思聪。
学澎湃，看红宫。

汕尾人，爱国浓。

知荣辱，忧患中。

图报效，立新功。

树大节，不放松。

各民族，多包容。

反分裂，扬国风。

同心德，脱贫穷。

图发展，兴工农。

唱国歌，精神充。

励其志，五星红。

七十自寿酒令（其二）

王学仲

面和气，骨里硬，

远烟酒，懒运动。

画万千，少人重，

五十年，教授俸。

有儿女，无大用。

爱素食，畏冷冻。

啖瓜果，顿一瓮。

爱生物，无信奉。

脑溢血，曾大病。

年七十，家乡庆。

（录自王成纲主编《华夏吟友》，第 71 页，中国文联出版公司，1995 年）

自撰墓志铭

启　功

中学生，副教授。①

博不精，专不透。

名虽扬，实不透。

高不成，低不就。

瘫趋左，派曾右。

面微圆，皮欠厚。

妻已亡，并无后。

丧犹新，病照旧。

六十六，非不寿。

八宝山，渐相凑。

---

① 诗人自注：余中学毕业，1988 年时为副教授。

计平生，谥曰陋。

身与名，一齐臭。

（录自王成纲主编《华夏吟友》，第 22 页，中国文联出版公司，1995 年）

骚体诗：

望 大 陆

于右任

葬我于高山之上兮，

望我大陆；

在陆不可见兮，

只有痛哭！

葬我于高山之上兮，

望我故乡；

故乡不可见兮，

永不能望！

天苍苍，

野茫茫，

山之上，

国有殇！

（录自霍松林主编《近五十年寰球汉诗精选》，三秦出版社，1999 年）

七十自寿酒令（选二）

王学仲

其一

山东有叟兮，
名曰学仲。
黾翁自号兮，
溷迹从众。
诗词歌赋兮，
雅好吟弄。
古稀之年兮，
自歌酒令。

其三

早了我，
红尘径。
早偿我，
青山梦。
我画自珍兮，
不爱赠送。
我性恬淡兮，

少来起哄！
功过得失兮，
后人评定。①

（录自王成纲主编《华夏吟友》，第 71 页，中国文联出版公司，1995 年）

关于骚体诗，这里可以从上面的实例看出其体式上的独特性：第一，必以一前一后两个分句或短小语段的组合来表达一个完整的意思。这两个分句或小语段的字数彼此相同，也可不同。第二，更重要的是，诗内这类组合的多数，在前一小语段之末必出现感叹词“兮”。可以说，诗内不止一处出现的“兮”是骚体显眼的标志。

对于骚体以及其余两种古体诗而言，使用新设韵部就有更强的、全面的适应性。换句话说，不会因使用新设韵部而带来任何赘余或限制。这是因为古体诗全面地使用平声韵和仄声韵——甚至还包括其中的入声韵，另外又可以在同一作品中换韵。

---

① 其一、其三两诗，多数韵脚为仄声 ong 韵字，可惜少数韵脚字属仄声 ing 韵，致音韵不够协和。

第二节　古风诗的概念和使用

当近体诗流行起来，诗人们又追慕起古往那些比较自然、较少束缚的诗体，特别是句子字数和近体一致的五、七言古体诗。由于把近体诗的黏对习惯“感染”到五、七言古体（即对句第二字［七言句还有第四字］与其前头出句第二字平仄相反，与其下一联出句第二字平仄相同），诗人们却同时极力要使古体诗句的平仄整体上大异于近体诗句。于是除了讲求黏对，使个别字处于一定平仄之外，就完全不用近体诗句的平仄安排定则，而且还将五、七言诗句后三字的平仄给予大大不同于近体诗一般的安排形式——就是所谓的“三平调”。三平调初意为“句后部一连三个平声字”，或完全相反——“句后部一连三个仄声字”。后来扩大范围，还包括与七言近体诗在需要情况下同样出现的①诗句

---

①　唐代许多诗人创作七言近体诗时，对于“平平仄仄仄平平”、“仄仄平平平仄仄”二平仄句式，喜欢将其第五字同第六字的平仄声调互换位置（平平仄仄仄平平→平平仄仄平仄平；仄仄平平平仄仄→仄仄平平仄平仄），其结果就出现诗句后三字“平仄平”“仄平仄”的形式。这种做法一直沿习下来，似成通则。

后三字的特殊平仄形式——“仄平仄”、“平仄平”。

这样，从隋唐时起，诗人们把古式的五、七言诗改造为一种与近体诗相比照的新型诗体——它兼有新兴的平仄黏对色彩和古拙的平仄作风；而且诗句句数除至少需比近体律诗的八句多二句之外，可多至多少就没有限定的数额；只要保持五言句或七言句占主体的数量优势地位，五、七言的新型诗体（尤其是七言体）可采用少量其他几种邻近的单数字句，还可采用更小量的邻近复数字句，[①] 而且在同一首诗内可以换用不同的韵（包括平仄韵的互换）。唐代诗界就称这类比近体诗宽松自由得多的新型古拙诗体为古风诗。

因此，虽然在人们眼前，有一个仿佛所指对象性质相同的省称系列——“五古”（五言古风诗）、“七古”（七言古风诗）、“四古”（四言古体诗），实际上前两者与后一者各指的诗体是性质上大不一样的。

七古古风诗，有一个特别的别称，就是“歌行”。这显出至少在唐代期间，七古古风诗是以音乐的形式歌唱出

① 七言古风诗较常采用小量的五言句、三言句以及九言句、十一言句、十三言句（后三者一般只用于诗的末句），有时还可采用极少数量的四言句、六言句和八言句。五言古风诗采用五言句之外的单数句或复数句的情形，比七言古风诗少见许多。

来的，很为人们所喜爱和看重。直至近代和现代，虽然早已消失了歌唱的音乐形式，仍然源源不断出现新作，而且保持着它那些既古拙而又自由活泼的新风特点。下面举现代一些使用实例，以资佐证。

七言古风诗（歌行）：

登黄山作歌

徐世荣

黄山之奇奇以瘦，
黄山之美美以秀，
黄山之名天下闻，
何幸我今得亲就。
五岳归来不看山，
问君肯舍黄山否？
形神气象世所稀，
晦明变幻随时候。
七十二峰峰连峰，
五百里间叠峦岫。
峭壁插云似斧开，
危岩断石如雕镂。

全诗32句，七言句是26个，其中只先后穿插2个五言句、2个四言句，最后以一个八言句和一个十一言句结尾。这符合歌行以七言句占主体地位的模式要求。

诗中有14句的后三字为三平调。数量虽不少，但从占全

崎岖鸟道一线通，
扶杖牵藤穿林走。
野花笑靥迎远人，
山鸟长鸣有节奏。
逸兴遄飞信口歌，
空谷回音响前后。
小憩半山亭，
直上玉屏楼。
天都、莲花始觌面，
山莽莽兮云悠悠。
振衣千仞徘徊久，
黄山之美不胜收。
何时当再登绝顶，
一观云海，
再观日出，
清凉台上长稽留。
万顷波涛涌红日，
霞光千缕眩双眸。
纵有生花笔、顾虎头，
料难描画黄山奇景奇之尤。

诗句数的比例来看，略显不足。

只有约近半数诗句的第二字，符合一定的黏对要求。

（录自王成纲主编《华夏吟友》，第 56 页，中国文联出版公司，1995 年）

八百壮士颂

霍松林　　（1937 年冬）

"中国不会亡"，
歌声传四方。
八百壮士守沪渎，
七层楼上布严防。
倭贼冲锋怒潮涌，
壮士杀贼如杀羊。
倭贼轰楼开万炮，
壮士凭窗发神枪。
倭贼凌空掷巨弹，
壮士穿云射天狼。
倭贼围困断给养，
市民隔岸投干粮。
倭贼纵火火焰张，
壮士举旗旗飘扬。
激战四昼夜，

诗句后部三字出现的三平调比较多，但诗句第二字的"对""黏"要求则没有顾理。

愈战愈坚强。
热血洒尽不投降，
以身许国何慨慷！
堂堂壮士，
壮士堂堂。
四夷望汝正冠裳，
中华赖汝扬国光。
士气为之振，
民气为之张。
“八百壮士作榜样”，
一曲颂歌传四方。
颂歌传四方：
“中国不会亡！”

（录自王成纲主编《华夏吟友》，第1064页，中国文联出版公司，1995年）

纪念《北京晚报》创刊50周年

朱家骥

北京晚报遍城乡，
送福送寿送吉祥。

到第六句为止，句

关注民生神息灵，
弘扬国粹献词章。
燕山沃野谱和谐，
潮白两岸育花香。
甘霖普降展雄姿，
盛世妖娆创辉煌。
北京晚报气轩昂，
五十周年历沧桑。
燕山夜话凝慨慷，
无私无畏谱华章。
改革开放成楷模，
新闻传媒史流芳。
高举旗帜斗志昂，
五秩业绩四海扬。

中第二字的“对”“黏”处理得不错，但可惜此后十句似失去这方面的关注。

诗句后部的三平调，也出现得少。

（录自霍松林主编《当代诗坛百杰佳作选》［第三卷］，中国文联出版社，2008 年）

游峨眉山

赵世明

天下四川风光美，

更有峨眉好山水。
猴群孔雀接待宾，
丛林绿荫风微吹。
鸟瞰日出足下来，
万山葱茏一眼归。
金鼎佛光普照灿，
花香鸟语惹人醉。
灵秀温泉沐浴佳，
神水健疗除疲惫。
子夜窗前一轮春，
峰腰缠雾添奇味。

句中第二字的黏对出现得少。诗句后部三字出现三平调的情况，亦显得少。

游阿里山途中

李 群

万丈高山阿里峰，
逶迤火车似苍龙。
椰树槟榔矗两旁，
侃侃微笑迎客恭。
车内台胞咏乡曲，
情萦委宛飘山中。

有半数诗句末后三字出现三平调，这种情况不错。但是对于诗句第二字的对黏要求，未予顾理。

夙愿四海为家日，
锦绣河山一片红。
火车乌乌奔驰来，
翁妪疾足登车台。
游客拥挤无觅处，
台子让位舒情怀。
密林深处棵棵桩，
日寇掠夺血斑斑。
后人植被林成材，
雪耻宝岛阿里山。

（录自霍松林主编《当代诗坛百杰佳作选》［第三卷］，中国文联出版社，2008 年）

游双龙洞国家森林公园

舒　辛

停车徙峻岩峰前，
蓦处重围苍峦间。
拾级忘却骨肌乏，
绿浓绛秀惹人怜。
溅珠曲涧胜练舞，

全部诗句的第二字都实现了“对黏”。除第四句之外，各网谷幽奇千彩园。
趣卧扁舟溯入涧，
双龙引见神洞天。
石潭交影百诡谲，
光束幻下迷彩泉。
再进宏高冰壶中，
瀑声充耳如撞钟。
靠立倒泻银河旁，
仰迎清凉仙雪风。
美情动人竟布石，
刻记精到亏叶公。

句后尾三字都展现出三平调。

（注）双龙洞外小坪畔，有一卧石，其侧立面刻叶圣陶先生《记金华的双龙洞》一文。

（录自刘叔新《兴迹——晚晴咏句》，百通（香港）出版社，2007 年）

五言古风诗：

别 庐 山

李汝伦

连日忘机游，

我心实夷悦。 恍然逃樊龙， 飞入云水接。 真宰造化功， 雄奇妩媚箧。 沧洲趣之余， 感慨肝肠热。 天上气不平， 霹雳鸣云穴。 地上质不平， 山突嶂散列。 庐山水不平， 瀑鸣层叠叠。 含恨欲长吟， 廊中有百舌。 掷笔起叹三， 客舍谁屑屑。 蝥云过窗轻， 峰上灯明灭。	第二、四、六、八句及第十六、二十句的第二字，体现了“对”；第三、五、七、九句的第二字体现了“黏”。 全诗二十句，其中只有五句后部出现三平调，稀少一些。

游盘山，叹山民

陈福春

怪是山中客，
不视山中物。
奇树换小钱，
丑石杯盘注。
只知山可靠，
不知何缘故。
自然是根本，
文人点金术。
如此不经年，
山秃人不住。
顾得一时好，
断绝自家路。

在用韵方面，不区分开入声韵和非入声韵的仄声韵。

（录自王成纲主编《华夏吟友》，第 87 页，中国文联出版公司，1995 年）

雪域沙场秋点兵·走天路（三首其二）

洪　流

巉岩峰跌宕，

冰凌路茫茫。
日逐寒云乱，
夜断九曲肠。
篷帐疏星冷，
草盔奠厚霜。
雪泥履痕远，
风雨浥沧桑。
俯仰情浩淼，
赤胆走沙场。
神牵攀绝顶，
魂系戍边疆。
整肃红星帽，
正挎三尺枪。
驰骋沧烟路，
策马任疏狂。

句后部出现三平调之外甚少；句中第二字的对黏要求，似亦未予关切。

（录自霍松林主编《当代诗坛百杰佳作选》，中国文联出版社）

游石河水库

舒　辛

青山绕绿水，

山外围清波。
山石多美姿，
临湖若吟哦。
我随艇荡漾，
直欲上峰浪。
羡看岩间樵，
恋观渔舟放。
蓬莱人劳作，
过眼永难忘。
石转峰反回，
水穷忽开向。
岸山剩空低，
风碧染夏衣。
蓦想来星岩，
五分似溯漓。
人言肖三峡，
境界何须齐。
应胜巫山神，
图中陶醉人。
清风拂面来，

绝大多数诗句的后部三字，表现出了三平调。

从第二句起，所有诗句的第二字都实现了对黏的要求。

阵阵甘且醇。
馥郁起波岸，
山深几谷珍？

（录自刘叔新《南北咏痕——诗词稿选抄》，天津人民出版社，1993 年）

酒　　幌

李根华

陈年酿金汤，
风闻十里香。
高招为迎客，
飒飒飘八方。
见在树梢头，
屋檐时临光。
何事悬帜高，
单召贪琼浆。
玉液多含蓄，
销魂令踉跄。
醉里乾坤大，
壶中日月长。

除第一、二句之外，其他各对句与出句之间，都出现了平仄上“对”的关系。可惜“黏”的关系不同样普遍。

慰君跋涉苦，
一醉梦还乡。
行者当为戒，
三杯莫过岗。

（录自黄杏祥主编《世界传世诗词全集》，中国文联出版社，2007年）

从上举歌行和五古的现代作品来看，可以知道：到目前为止，大多数的作者似尚不大明确，古风诗在平仄上有什么特点须要表现出来。其实，并不难牢牢把握着它们，并在创作实践中充分体现出它们来：一是像近体诗那样，从开头第一个对句第二字开始，每个对句第二字都做到“对”，而从第二个出句（即全诗第三句）开始，每个出句第二字都做到“黏”；① 二是尽可能多在诗句后尾三字上，表现出三平调。这样做，就使得具有相当数量三平调的诗体，呈现出平仄上明显的古拙色彩，同时又以诗句第二字

① 本来对七言的歌行体，还要求诗句的第四字做到跟第二字一样的“对”“黏”。这大大增加了安排平仄的难度，带来明显的束缚，而且历来遵从这个规矩的作者相当少。所以，从当代开始，废弃这一过分的束缚是合适的。

的“对”“黏”关系，闪现出近体诗一种重要的句间平仄关联特点。因此，五古和歌行成为一类带有新风气而仍留有一定程度古拙色彩的新型诗体。当然，两者以诗句字数不同以及由此带来的其他相异点，是两种存在差别的新风诗体。

从大处着眼，可以说，歌行比五古更富于表现力；在采用不同字数句式上，比五古更自由、更多样化。因此，歌行的作品，历来都比五古多；特别是涌现出的名篇，数量上遥遥领先于五古。

在一定历史期间，五古曾被一些诗人用来写一韵到底的长篇，以出现的韵脚数量很多为荣，形成竞赛的氛围。这样的五古创作，不过是毫无意义的文字游戏，会使无辜的五古诗体本身被玷污。

五古也好，歌行也好，诗体带来的束缚，确实都比近体诗减轻了许多。特别是，它们给使用者敞开情怀，长篇吟咏，提供了良好的条件。但是今天的吟咏者，不应该重蹈形式主义的覆辙，盲目去追求同一韵韵脚的巨大数量。

从现代用韵的角度来看，五古和歌行自然应与近体诗一致地采用过渡性的新韵部（见第二章第八节）。重大的差异在于：近体诗只使用平声韵部，而古风诗则平声韵部和所有仄声韵部（包括入声韵部在内）都在使用之列。

对于歌行来说，在同一首作品内换韵、换用非七言的诗句，都是极为常见的，几乎可以看作通则。而对于五古而言，这类变换比较少见，远非通则；相反，一韵到底，整个作品全用五言句，则是常见的正则表现。今天的吟咏者应认识到这种倾向性的差异。

第一节　词的形式特征

在唐代稍后于古风诗而诞生的另一种诗歌体裁——词，进入五代时完全成熟，发展到了宋代，达至高度繁荣兴盛的阶段，以至成为中国社会文化艺术的新骄子，一时取代了长期以来最有影响力的近体诗的地位。

此后，词一直作为时兴的重要诗歌体裁之一，与近体诗并驾齐驱。到如今，词仍拥有大量感兴趣者。但是无须讳言，词在格律方面相当复杂，往往致使欲写作者知难而却步。因此，现代词的创作成品远不如近体律绝多，更不必说成功的佳作了。

问题须要解决。应该进行讨论，聚焦到今天在写作者面前的格律难题究竟如何，是否可加以化解。

讨论不妨首先让大家都能明确：现代来看，词在形式方面的特征究竟是什么。

词在早期发展阶段时，是咏唱的，有一定的歌唱曲乐相伴随。后来，词的唱调都失传了。而每首词传留下来的文字形式，则被整理出所含辞句的一定组织情况（共多少句；每句多少字；每句已定下的平仄安排程式；是否分片，若是分片则划分的界线定在何处），以及协韵的一定安排情况（韵脚所在之处；是一韵到底还是当中一定地方须要换韵；规定所协的韵是平声韵还是仄声韵或入声韵）。这两方面加合起来，就是一首词的一定体制格局。其书面整体录写形式被称为“词谱”（后来也用“词谱”来指称集合各种词谱供人查阅的书），或被以早前指说唱词曲乐的“词调”来称说它。而从为写作者所选用的角度来说，词谱又可称为“词牌”。每个词牌都有一个或几个专名，如“清平乐”“沁园春”“念奴娇”（“大江东去”“酹江月”“赤壁谣”）等等。任何一个词牌的专名，都可成为词作的题目或全题的前半截。仅这一点，便可表明，词牌（或词谱）是撑起词作的完备支架。在词的创作活动中，采用某个词牌，总是个首要步骤、重大出发点，因为此后整个创作途程里，须按照此具体词牌所确立的各种形式规则行事。

可以说，除了早期伴有歌调这一形式特征是由继承民族文化传统而来，词的其他形式特征莫不与词牌相关。

词的第二个比较显著的形式特征，便是所含诸句没有一致的长度，即诸句在用字数量上不整齐划一。① 这可能与词的用句形态须密切适应于所采用的歌调乐句有关。另外，也是词的创制者们有意加大词与近体诗的差异所致。

词的第三个形式特征，是所含之句都安排下某种平仄格式，而相邻句之间并无任何平仄关系；不过，每个词牌各句内的平仄都是定死了的：从最早创立某个词牌的写作者写出相应作品起，词牌内每句的平仄形式就仿佛铁定了下来，他人只要应用该词牌写作，都免不得要依照此形式“填”进相应字眼。

词的第四个形式特征，是用词口语化。它们相当浅白，但是造意含蓄，表现出生动的意境。这是词在形式上与近

---

① 存在个别例外情况：“浣溪沙”词牌，分两片，各含三个句行，都是七言句，很整齐。

体诗长期存在的一种明显差别。

总起来看，在词兴起、繁荣的前期，写作任何一首词，须要使成品显现上述各种形式特征。即这些形式特征同等重要，都不可缺失。自然，在分别用来咏唱各个词牌作品的特定歌调一一失传后，“伴有歌调”这一形式特征，便无可避免地悄然消失。上举的第二、第三、第四种形式特征，则长期存在了下来。不过至今，各形式特征已不好同等看待。

诸句长短不一这个形式特征，不用费心去营造：因为词牌（“浣溪沙”除外）的组成本身，必然明示出所含诸句总体上有长有短的情况；只要按照各句的特定长短模式来构造词作相应之句，就可以的。现代也没有任何必要去考虑：改变某个词牌某句的特定长短模式。

但是，用词口语化的特征就须要高度重视。原因之一，现代诗词写作者没有大量运用口语词的观念。原因之二，如何在口语化时能表意含蓄、意境生动，须运用比较高的写作技巧来解决问题。

至于词牌最初作品各句平仄模式的复现，这一形式特征是引起词的写作受到严重平仄束缚的原因。可以推想，各词牌最初各句的平仄安排，大抵上与咏唱的歌调存在相因应的关联。在这些歌调失传之后，这样的平仄安排格局，就失去其须要继续存在下去的根本理由。

可是长久以来，词的作者们一般不察觉到这种隐存的事理，而只是老实地依照相应词牌创始者（或其后忠实承传者）给每一句安排下的平仄样式来行事。这样不合理的、徒然给词的写作带来严重束缚的做法，如今实在应该尽快废弃。

不过，在可以自由决定句内平仄安排的前提下，写作者须尽量选用各种字数句的合律平仄形式，而摒弃那些不合律的平仄形式：

三言句的合律平仄形式——仄平平、平仄仄、平平仄、仄仄平；不合律的平仄形式——平平平、仄仄仄、仄平仄、平仄平。

四言句的合律平仄形式——仄平平仄、仄仄平平、平平仄仄、平仄仄平；不合律的平仄形式——仄仄仄仄、平平平平、仄仄仄平、平平平仄、仄平平平、平仄仄仄、仄仄平仄、平平仄平。

五言句的合律平仄形式——仄仄平平仄、平平仄仄平、仄仄仄平平、平平平仄仄；不合律的平仄形式——仄仄仄仄仄、平平平平平、仄仄仄仄平、平平平平仄、仄仄平平平、平平仄仄仄、仄平平平平、平仄仄仄仄、仄仄平仄平、平平仄平仄、仄平仄平仄、平仄平仄平，等等。

六言句的合律平仄形式——仄仄平平仄仄、平平仄仄平平、仄仄仄平平仄、平平仄平平仄、仄平平仄平平、平仄仄平仄仄；不合律的平仄形式——在上列六言合律形式之外、差不多所有的六言平仄形式，如仄平平平平仄、平仄仄仄仄平之类。

七言句的合律平仄形式——平平仄仄平平仄、仄仄平平仄仄平、仄仄平平平仄仄、平平仄仄仄平平、仄平平仄平平仄、仄平平仄仄平平；不合律的平仄形式——在七言句合律平仄形式之外的七言平仄形式，如仄平仄仄仄仄平、平仄平平平平仄等等。

八言句的合律平仄形式——同样的两个合律四言形式的加连，如仄平平仄－仄平平仄、仄仄平平－仄仄平平、平平仄仄－平平仄仄、平仄仄平－平仄仄平等，以及合律的三言形式和合律的五言形式的加连，如仄平平－仄仄平平仄、仄仄平－平仄仄平平、平平仄－仄平仄仄平、平仄仄－平平仄仄平、仄平平－仄平仄仄平、仄平平－仄仄仄平平。所有其他不是如此构成的八言句，其平仄形式多是不合律的。

九言句的合律平仄形式——合律的五言形式与合律四言形式的加连，如仄仄平平仄－仄平平仄、平平仄仄平－平平仄仄、仄仄仄平平－仄平平仄等；以及合律的六言形式与合律三言形式的加连，如仄仄仄平平仄－仄平平、平平仄仄平平－仄仄平等。所有其他不如此构成的九言句，其平仄形式就多是不合律的。

可以说，当代词的写作，正在开启一个摆脱开平仄严酷束缚的新局面。词原有的四个形式特征，当代其实仅只剩下两个（句有长有短、用词口语化）须要在作品上展现出来。而每句该多长或多短——应包含多少个字，依照所用词牌的格式去做便可，根本无须写作者费心去斟酌、确定。至于词句口语化，要在词作中展现这一形式特征，则须要下一点儿功夫才行。词的写作者们应当明白，用词口语化只是选词造句要形成一种基本的倾向，并非口语成分在量的方面上有严苛的要求。事实上，口语词句往往可同较为浅白的书面语词混用在一起，彼此并不扞格不入。所以口语化并非限制写作者创作活动的狭窄牢笼；相反，倒是提供了广阔反映现实生活的有利条件。

从词实质上也是一种诗体来看，它就还具有一般诗体所必具的押韵形式——押同一个韵还是押不止一个的韵，押什么声调类型的韵，韵脚设在什么位置等。这是一般诗体共有的形式特点，而不能看作只是词的形式特征。虽则如此，它也是词的写作者所面对并须重视的形式焦点之一。

现代在几种谈诗词格律的著作里，可以看到众多词牌各自构成格式的罗列。只可惜当中所用的押韵韵部，显得太古旧、太保守；别外，还带来平仄的桎梏。

笔者拟于下一节，列出现代还有生命力词牌的构成格式。它们和近体诗一样，使用过渡性的新韵部，因而其构成格式中不乏与近体诗相近同的元素。

第二节　有生命力词牌的构成格式

在列出这众多词牌格式之前，须先了解词牌分类的情况。

尽管词牌可因根据事物的不同，而做出种种不同的分类，但是只有一种分类方式自古一直存用至今。那就是按照字数多少而做的分类。它划分出三类词牌：58 字以下（包括 58 字）为小令，59 字到 90 字为中调，91 字以上（包括 91 字）为长调。

这种分类，多一个字或少一个字，就归入不同的类里，显得没有什么道理，历来遭到一些人士的讥责。但是要按长短度来划分词牌的大类别，也只能把分类界线划在两个只相差一、二的数量之间。诚如王力所谈，大家只要“心里明白”，不过分拘泥于此，也就不是什么问题。[①] 就是说，这还是个实用有效的分类方法。

在下列还有生命力词牌的格式中，使用的多种符号各代表什么，先说明如下：

□——代表一个字。

｜——左边诸字成一句的标志，亦即左边之句结束的标志。

‖——末句终止的标志。

-——表示左方的字与右方的字之间有一小顿，但两者仍同属一句。如“□-□□□□”是五字句首字之后有一顿，在意义上把该句分为上一下四两部分。

□̲——平声韵脚。

⎅——仄声韵脚。

⍂——入声韵脚。

⊥⃞——首韵平声韵脚。

① 见王力《汉语格律学》第三章第三十七节　词的字数。

[1|]——首韵仄声韵脚。

[2̲]——（换韵）第二韵平声韵脚。

[2|]——（换韵）第二韵仄声韵脚。

[3̲]——（第二次换韵）第三韵（或换回前首韵）平声韵脚。

[3|]——（第二次换韵）第三韵（或换回前首韵）仄声韵脚。

词牌格式选录

（一）小令词牌（42 首）格式

(1) 十六字令　　(4 句，16 字)

□̲ | □□□□□□□̲ | □□□ | □□□□□̲ ||

(2) 忆江南（望江南）　　(5 句，27 字)

□□□ | □□□□□̲ | □□□□□□□ | □□□□□□□̲ |

□□□□□̲ ||

（又一体，依上式作双片，54 字；另有第三体。俱不录。）

(3) 捣练子　　(5 句，27 字)

□□□ | □□□̲ | □□□□□□□̲ | □□□□□□□ |

□□□□□□⊟ ||

(4) 渔歌子　　(5 句，27 字)

□□□□□□⊟ | □□□□□□⊟ | □□□ | □□⊟ |
□□□□□□⊟ ||

(又一体 50 字，双片。不录。)

(5) 如梦令　　(7 句，33 字)

□□□□□◫ | □□□□□◫ | □□□□□ | □□□□□
◫ | □◫ | □◫ | □□□□□◫ ||

(6) 归国谣（归自谣）　　(双片，6 句，34 字)

□□◫ | □□□□□□◫ | □□□□□□◫ |
□□□□□□□◫ | □□◫ | □□□□□□□◫ ||

(又一体 43 字、另一体 42 字，皆不录。)

(7) 相见欢（双片，7 句 36 字）

□□□□□① | □□① | □□□□□□ - □□① | □□
❷ | □□❷ | □□③ | □□□□□□ - □□③ ||

(8) 昭君怨　　(双片，8 句，40 字)

□□□□□❶ | □□□□□❶ | □□□□② | □□② |
□□□□□❸ | □□□□□❸ | □□□□④ | □□④ ||

(9) 浣溪沙　　(双片，6 句，42 字)

□□□□□□⊟ | □□□□□□⊟ | □□□□□□⊟ |

□□□□□□□ | □□□□□□□̲ | □□□□□□□̲ ||

(10) 霜天晓角　　　(双片，10 句，43 字)

□□□◫ | □□□□◫ | □□□□□□ | □□□ | □□◫ |

　　□□□□◫ | □□□□◫ | □□□□□□ | □□□ |

□□◫ ||

（后片第一句可破为两句，且其前句第二字协韵，用仄韵、平韵皆可。此词牌另有五体，不录。）

(11) 采桑子（丑奴儿）　　　(双片，8 句，44 字)

□□□□□□□ | □□□□̲ | □□□□̲ | □□□□□□□̲ |

　　□□□□□□□ | □□□□̲ | □□□□̲ | □□□□

□□□̲ ||

(12) 卜算子　　　(双片，8 句，44 字)

□□□□□ | □□□□◫ | □□□□□□□ | □□□□◫ |

　　□□□□□ | □□□□◫ | □□□□□□□ | □□

□□◫ ||

(13) 菩萨蛮　　　(双片，8 句，44 字)

□□□□□□◫1 | □□□□□□◫1 | □□□□□̲2 | □□□□

□̲2 |　　　□□□□◫3 | □□□□◫3 | □□□□□̲4 | □□

□□□̲4 ||

(14) 减字木兰花　　(双片，8 句，44 字)

□□□◫(1) | □□□□□□◫(1) | □□□⊟(2) | □□□□□□⊟(2) |

□□□◫(3) | □□□□□□◫(3) | □□□⊟(4) |

□□□□□□⊟(4) ||

(15) 巫山一段云　　(双片，8 句，44 字)

□□□□□ | □□□□⊟ | □□□□□□⊟ | □□□□⊟ |

□□□□□ | □□□□⊟ | □□□□□□⊟ |

□□□□⊟ ||

(另有一体，不录。)

(16) 好事近　　(双片，8 句，45 字)

□□□□□ | □□□□□◫ | □□□□□□ | □⌇□□□◫ |

□□□□□□□ | □□□□◫ | □□□□□□ | □⌇

□□□◫ ||

(17) 谒金门　　(双片，8 句，45 字)

□□◫ | □□□□□◫ | □□□□□□◫ | □□□□◫ |

□□□□□◫ | □□□□□◫ | □□□□□□◫ |

□□□□◫ ||

(18) 一落索（上林春）　　(双片，10 句，46 字)

□□□□□◫ | □□□◫ | □□□□□□◫ | □□□ | □□

◫ | 　　□□□□□◫ | □□□◫ | □□□□□□◫ |
□□□ | □□◫ ||

（有的诗词曲律书，把本词牌两片第三句末标为平声韵脚，似为以讹传讹，不合道理。此韵脚理应与其前后诸韵脚一致为仄声韵。）

(19) 忆秦娥　　（双片，10 句，46 字）

□□◫ | □□□□□□◫ | □□◫ | □□□□ | □□□◫ |
　　□□□□□□◫ | □□□□□□◫ | □□◫ |
□□□□ | □□□◫ ||

（另有 5 体，不录。）

(20) 清平乐　　（双片，8 句，46 字）

□□□① | □□□□① | □□□□□□① | □□□□□① |
　　□□□□□② | □□□□□② | □□□□□□ |
□□□□□② ||

(21) 画堂春　　（双片，8 句，47 字）

□□□□□□□̲ | □□□□□□̲ | □□□□□□□̲ | □□□
□̲ | 　　□□□□□□ | □□□□□□̲ | □□□□□□□̲ |
□□□□̲ ||

(22) 摊破浣溪沙　　（双片，8 句，48 字）

□□□□□□□̲ | □□□□□□□̲ | □□□□□□□ | □□

□̲ |　　□□□□□□□ | □□□□□□□̲ |

□□□□□□□ | □□□̲ ||

(23) 人月圆　　(双片，11 句，48 字)

□□□□□□□ | □□□□□̲ | □□□□ | □□□□ |

□□□□̲ |　　□□□□ | □□□□ | □□□□̲ |

□□□□ | □□□□ | □□□□̲ ||

(24) 桃源忆故人　　(双片，8 句，48 字)

□□□□□□◫ | □□□□□◫ | □□□□□◫ | □□□□

◫ |　　□□□□□□◫ | □□□□□◫ | □□□□□◫ |

□□□□◫ ||

(25) 武陵春　　(双片，8 句，48 字)

□□□□□□□ | □□□□□̲ | □□□□□□□̲ | □□□□

□̲ |　　□□□□□□□ | □□□□□̲ | □□□□□□□̲ |

□□□□□̲ ||

(26) 锦堂春　　(双片，8 句，48 字)

□□□□□□ | □□□□□□̲ | □□□□□□□ | □□□□

□̲ |　　□□□□□□ | □□□□□□̲ | □□□□□□□ |

□□□□□̲ ||

(27) 西江月　　(双片，8 句，50 字)

□□□□□□ | □□□□□□̲ | □□□□□□□□̲ |

□□□□□◫ | □□□□□□ | □□□□□⊟ |
□□□□□□⊟ | □□□□□◫ ||

（前后片末句韵脚非另起一韵，而是与平声韵通押。）

(28) 少年游　　(双片，10 句，50 字)

□□□□□□⊟ | □□□□⊟ | □□□⊟ | □□□□ |
□□□□⊟ | □□□□□□⊟ | □□□□⊟ | □□□
⊟ | □□□□ | □□□□⊟ ||

(29) 燕归梁　　(双片，11 句，51 字)

□□□□□□⊟ | □⌇□□□⊟ | □□□□□□⊟ | □□⊟ |
□□⊟ | □□□□ | □□□□ | □□□□⊟ |
□□□□□□⊟ | □□⊟ | □□⊟ ||

（其他体不录。）

(30) 南歌子　　(双片，10 句，52 字)

□□□□□ | □□□□⊟ | □□□□□□⊟ | □□□□□
□ | □□⊟ | □□□□□ | □□□□⊟ | □□□□□
□⊟ | □□□□□□ | □□⊟ ||

(31) 雨中花（夜行船）(双片，10 句，52 字)

□□□□□◫ | □□□□□◫ | □□□□ | □□□□ |
□□□□◫ | □□□□□□◫ | □□□□□◫ | □⌇

□□□□｜□□□□｜□□□□◫‖

（其他体不录。）

(32) 醉花阴　　（双片，10句，52字）

□□□□□□◫｜□□□□◫｜□□□□□｜□□□□｜
□□□□◫｜　　□□□□□□◫｜□□□□◫｜
□□□□□｜□□□□｜□□□□◫‖

(33) 端正好（于中好，杏花天）（双片，13句，54字）

□□□□□□◫｜□□□｜□□□◫｜□□□□□□◫｜
□□□｜□□◫｜　　□□□｜□□□◫｜□□□｜□□□
◫｜□□□□□□◫｜□□□｜□□◫‖

(34) 浪淘沙　　（双片，10句，54字）

□□□□□̲｜□□□□̲｜□□□□□□□̲｜□□□□□□
□｜□□□□̲｜　　□□□□□̲｜□□□□̲｜□□□□□
□□̲｜□□□□□□□｜□□□□̲‖

（另有一体，不录。）

(35) 夜行船　　（双片，12句，55字）

□□□□□◫｜□□□｜□□□◫｜□□□□□□□｜
□□□｜□□□◫｜　　□□□□□□◫｜□□□｜□□□
◫｜□□□□□□□｜□□□｜□□□◫‖

（另有一体，不录。）

(36) 鹧鸪天　　(双片，9 句，55 字)

□□□□□□□ | □□□□□□□ | □□□□□□□ |
□□□□ | 　□□□ | □□□ | □□□□□□□ | □□□
□□□□ | □□□□□□□ ||

(37) 虞美人　　(双片，10 句，56 字)

□□□□□□[1] | □□□□[1] | □□□□□□[2] | □□□□□
□ | □□[2] | 　□□□□□□[3] | □□□□[3] | □□□□
□□[4] | □□□□□□ | □□[4] ||

(又一体，不录。)

(38) 南乡子　　(双片，10 句，56 字)

□□□□□ | □□□□□□□ | □□□□□□□ | □□ | □
□□□□□□ | 　□□□□□ | □□□□□□□ | □□
□□□□□ | □□ | □□□□□□□ ||

(余体不录。)

(39) 木兰花（玉楼春、惜春容、春晓曲）　　(双片，8 句,56 字)

□□□□□□ □ | □□□□□□ □ | □□□□□□□ |
□□□□□□□ | 　□□□□□□□ | □□□□□□□ | □
□□□□□□ | □□□□□□□ ||

(40) **一斛珠**　　　(双片，10 句，57 字)

□□□◫|□□□□□□◫|□□□□□□◫|□□□□|
□□□□◫|　　□□□□□□◫|□□□□□□◫|□
□□□□□□◫|□□□□|□□□□◫||

(又一体，不录。)

(41) **踏莎行**　　　(双片，10 句，58 字)

□□□□|□□□◫|□□□□□□◫|□□□□□□□|□
□□□□□□◫|　　□□□□|□□□◫|□□□□□□
◫|□□□□□□□|□□□□□□◫||

(42) **小重山**　　　(双片，12 句，58 字)

□□□□□□⊟|□□□□□|□□⊟|□□□□□□⊟|□
□□|□□□□⊟|　　□□□□⊟|□□□□□|□□
⊟|□□□□□□⊟|□□□|□□□□⊟||

(二) 中调词牌 (23 首) 格式

(43) **唐多令** (双片，14 句，60 字)

□□□□⊟|□□□□⊟|□□⊟|□□□⊟|□□□□
□□□|□□□|□□⊟|　　□□□□⊟|□□□□⊟|
□□⊟|□□□⊟|□□□□□□□|□□□|□□⊟||

(44) 临江仙　　（双片，10 句，60 字）

□□□□□□□ | □□□□□□̲ | □□□□□□□̲ | □□□□□ | □□□□□̲ |

□□□□□□□ | □□□□□□̲ | □□□□□□□̲ | □□□□□ | □□□□□̲ ||

(45) 七娘子　　（双片，10/12 句，60 字）

□□□□□□◫ | □ - □□□□□□◫（□□□ | □□□□◫）| □□□□ | □□□□ | □□□□□□◫ |

□□□□□□◫ | □ - □□□□□□◫（□□□ | □□□□◫）| □□□□ | □□□□ | □□□□□□◫ ||

（又一体，不录。）

(46) 一剪梅　（双片，12 句，60 字）

□□□□□□□̲ | □□□□̲ | □□□□̲ | □□□□□□□̲ | □□□□̲ | □□□□̲ |

□□□□□□□̲ | □□□□̲ | □□□□̲ | □□□□□□□̲ | □□□□̲ | □□□□̲ ||

（须注意，本体两片中的第二第三句、第五第六句、第八第九句、第十一第十二句，须要用对仗，且或是后三字相同，或是一、二、四字相同，或是后二字相同。“如吴文英‘春到三分，秋到三分’”、“吴文英‘知是花邨，知是前邨’”、“吴文英‘春到一分，花瘦一分’”[王力《汉语诗律学》]。）

(47) 钗头凤（折红英、玉珑璁）（双片，20 句，60 字）

□□◫1｜□□◫｜□□□□□□◫｜□□◫2｜□□◫｜□□
□□｜□□□◫｜◫3｜◫｜◫｜　　□□◫1｜□□◫｜□□
□□□□◫｜□□◫2｜□□◫｜□□□□｜□□□◫｜◫
｜◫｜◫‖

（注意，两片末后三单字句，用读音、写法及意义都完全相同的字来构造。两片前三句同押一韵；上片第四、五、七句换押另一韵［第二韵］，第八、九、十句［3 单字句］再换押第三韵；下片第四、五、七、八、九、十句换押第二韵。）

(48) 蝶恋花（鹊踏枝，一箩金）（双片，10 句，60 字）

□□□□□□◫｜□□□□｜□□□□◫｜□□□□□□
◫｜□□□□□□◫｜　　□□□□□□◫｜□□□□｜
□□□□◫｜□□□□□□◫｜□□□□□□◫‖

(49) 渔家傲　　（双片，10 句，62 字）

□□□□□□◫｜□□□□□□◫｜□□□□□□◫｜□□
◫｜□□□□□□◫｜　　□□□□□□◫｜□□□
□□□◫｜□□□□□□◫｜□□◫｜□□□□□□◫‖

(50) **苏幕遮**　　（双片，14 句，62 字）

□□□ | □□◨ | □□□□ | □□□□◨ | □□□□□□

◨ | □□□□ | □□□□◨ |　　□□□ | □□◨ |

□□□□ | □□□□◨ | □□□□□□◨ | □□□□ |

□□□□◨ ||

(51) **破阵子（十拍子）**　　（双片，10 句，62 字）

□□□□□□ | □□□□□⬓ | □□□□□□□ | □□□□

□□⬓ | □□□□⬓ |　　□□□□□□ | □□□□□⬓ |

□□□□□□□ | □□□□□□⬓ | □□□□⬓ ||

(52) **定风波**　　（双片，11 句，62 字）

□□□□□□⬓1 | □□□□□□⬓ | □□□□□□◨2 | □

◨ |　□□□□□□⬓1 |　　□□□□□□◨3 | □◨ |

□□□□□□⬓1 | □□□□□□◨4 | □◨ | □□□□□□

⬓1 ||

(53) **青玉案**　　（双片，14 句，66 字）

□□□□□□◨ | □□□ | □□◨ | □□□□□□◨ |

□□□□ | □□□◨ | □□□□◨ |　　□□□□□□◨ |

□□□ | □□◨ | □□□□□□◨ | □□□□ | □□□◨ |

□□□□◨ ||

（又一体不录。）

(54) 天仙子　　（双片，12 句，68 字）

□□□□□□◫ | □□□□□□◫ | □□□□□□□ | □□◫ | □□◫ | □□□□□□◫ | 　□□□□□□◫ | □□□□◫ | □□□□□□□ | □□◫ | □□◫ | □□□□□□◫||

（此词牌本为单片 34 字，后变为双片 68 字。）

(55) 江城子　　（双片，16 句，70 字）

□□□□□□⊟ | □□⊟ | □□⊟ | □□□□ | □□□□⊟ | □□□□□□□ | □□□ | □□⊟ | 　□□□□□□⊟ | □□⊟ | □□⊟ | □□□□ | □□□□⊟ | □□□□□□□ | □□□ | □□⊟||

（此词牌本为单片 35 字，后变为双片 70 字。）

(56) 江城子　　（双片，16 句，70 字）

□□□□□□⊟ | □□⊟ | □□⊟ | □□□□ | □□□□⊟ | □□□□□□□ | □□□ | □□⊟ | 　□□□□□□⊟ | □□⊟ | □□⊟ | □□□□ | □□□□⊟ | □□□□□□□ | □□□ | □□⊟||

（此词牌本是单片 35 字，后变成双片 70 字。每片第四、五句，也可并连成一 9 字句。）

(57) 千秋岁　　(双片，16 句，71 字)

□□□◫ | □□□□◫ | □□□ | □□◫ | □□□□□ |
□□□□◫ | □□□ | □□□□□□□◫ | 　□□□□
◫ | □□□□◫ | □□□ | □□◫ | □□□□□ |
□□□□◫ | □□□ | □□□□□□□◫ ||

(余体不录。)

(58) 离亭燕　　(双片，12 句，72 字)

□□□□□◫ | □□□□□◫ | □□□□□□□ |
□□□□□◫ | □□□□□ | □□□□□□◫ |
□□□□□◫ | □□□□□◫ | □□□□□□□ |
□□□□□◫ | □□□□□ | □□□□□□◫ ||

(59) 何满子　　(双片，12 句，74 字)

□□□□□□ | □□□□□⊟ | □□□□□□□ |
□□□□□⊟ | □□□□□□ | □□□□□⊟ |
□□□□□□ | □□□□□⊟ | □□□□□□□ |
□□□□□⊟ | □□□□□□ | □□□□□⊟ ||

(此词牌本为单片 6 句，每句 6 字，共 36 字；后第三句变为 7 字，进一步全牌体又为双片，共 74 字。)

(60) 风入松　　(双片，14 句，76 字)

□□□□□□⊟ | □□□□⊟ | □□□□□□□ | □□

□ | □□□▣ | □□□□□□ | □□□□□▣ |

□□□□□□▣ | □□□□▣ | □□□□□□□ | □□

□ | □□□▣ | □□□□□□ | □□□□□▣ ||

（余体不录。）

(61) 于飞乐　　（双片，22 句，76 字）

□□□ | □□□ | □□□▣ | □□□ | □□□▣ | □□□ |

□□□ | □□□▣ | □□□□ | □□□ | □□□▣ |

□□□ | □□□ | □□□▣ | □□□ | □□□▣ | □□□ |

□□□ | □□□▣ | □□□□ | □□□ | □□□▣ ||

（余体不录。）

(62) 一丛花　　（双片，16 句，78 字）

□□□□□□▣ | □□□□▣ | □□□□□□□ | □□

□ | □□□▣ | □□□□ | □□□□ | □□□□▣ |　　□

□□□□□□▣ | □□□□▣ | □□□□□□□ | □□□ |

□□□▣ | □□□□ | □□□□ | □□□□▣ ||

(63) 新荷叶　　（双片，18 句，82 字）

□□□□ | □□□□□▣ | □□□□ | □□□□□▣ | □

□□□ | □□□ | □□□▣ | □□□□ | □□□□□▣ |

□□□□ | □□□□□▣ | □□□□ | □□□□□▣ | □

□□□|□□□|□□□□̲|□□□□|□□□□□□̲‖

(64) 蓦山溪　　(双片，20句，82字)

□□□◫|□□□□◫|□□□□□|□□□|□□□□◫|□
□□□|□□□□□|□□◫|□□◫|□□□□◫|
□□□◫|□□□□◫|□□□□□|□□□|□□
□◫|□□□□|□□□□□|□□◫|□□◫|
□□□□◫‖

(注意，前后片首句可入韵，亦可不入韵；或前片不入韵而后片入韵，或前片入韵而后片不入韵；前后片第七、八两句或都入韵，或第七句不入韵而第八句入韵，不过，多数第七、八两句都不入韵。)

(65) 探芳信　　(双片，20句，90字)

□□◫|□-□□□□|□□□◫|□-□□□□|
□□□□◫|□□□□□□□|□□□□◫|□□□|
□□□□|□□□◫|　　□□□□◫|□-□□□□|
□□□◫|□□□□|□□□|□□◫|□□□□□□
□|□□□□◫|□□□|□□□□□□◫‖

(另一体不录。)

（三）长调词牌（14首）格式

(66) 满江红　　(双片，22 句，93 字)

□□□□ | □□□ | □□□⧅ | □□□ | □□□□ | □□□
⧅ | □□□□□□□ | □□□□□□⧅ | □□□ |
□□□□□ | □□⧅ |　　□□□ | □□⧅ | □□□ | □□
⧅ | □ - □□□□ | □□□⧅ | □□□□□□□ |
□□□□□□⧅ | □□□ | □□□□□ | □□⧅ ||

（注意，此词牌一般多用入声韵，用上、去声韵的极少见。）

(67) 水调歌头　　(双片，17 句，95 字)

□□□□□ | □□□□□̲ | □□□□□□□□□□□̲ | □
□□□□□ | □□□□□□ | □□□□□̲ | □□□□□ |
□□□□□̲ |　　□□□ | □□□ | □□□̲ | □□□□□
□□□□□□̲ | □□□□□□ | □□□□□□ | □□□□□
□̲ | □□□□□ | □□□□□̲ ||

（余体较罕见，不录。）

(68) 满庭芳　　(双片，22 句，95 字)

□□□□ | □□□□ | □□□□□□̲ | □□□□ | □□□□
□̲ | □□□□□□ | □□□ | □□□□̲ | □□□ |
□□□□ | □□□□□̲ |　　□□□□□ | □□□□ | □
□□□̲ | □ - □□□□ | □□□□̲ | □□□□□□ |

□□□|□□□▣|□□□|□□□□|□□□□□▣‖

(69) 汉宫春　　(双片，22 句，96 字)

□□□□|□-□□□□|□□□▣|□□□□□□□|
□□□▣|□□□□|□□□|□□□▣|□□□|
□□□□|□□□□□□▣|　　□□□□□□□|□-
□□□□|□□□▣|□□□□□□□|□□□▣|
□□□□|□□□|□□□▣|□□□|□□□□|
□□□□□□▣‖

(70) 八声甘州　　(双片，21 句，97 字)

□-□□□□□□□□|□□□□▣|□-□□□□|
□□□□|□□□▣|□□□□□□□|□□□□▣|
□□□□□|□□□▣|　　□□□□□□□|□-□□□
□|□□□▣|□-□□□□|□□□□▣|□□□|
□□□□|□□□|□□□□▣|□□□|□□□□|
□□□▣‖

(余体不录)

(71) 念奴娇（百字令，壶中天，酹江月）　　(双片，19 句，100 字)

□□□□|□□□-□□□□□⧅|□□□□□□□|□

□□□□⧅ | □□□□ | □□□□ | □□□□⧅ |
□□□□ | □□□□□⧅ | □□□□□□ | □□□□ |
□□□□⧅ | □□□□□□□ | □□□□□⧅ | □□□□ |
□□□□ | □□□□⧅ | □□□□ | □□□□□⧅ ||

（注意，此词牌一般都用入声韵。前片第二句可作上三下六，亦可作上五下四［一－四、四］。）

(72)　东风第一枝　　　（双片，21 句，100 字）

□□□□ | □□□□ | □□□□□◫ | □□□□□□ | □
□□□□◫ | □□□□ | □□□ | □□□◫ | □□□-
□□□□ | □□□□□◫ | □□□ | □□□◫ |
□□□ | □□□◫ | □□□□□□ | □□□□□◫ |
□□□□ | □□□ | □□□◫ | □□□ -□□□□ |
□□□□□◫ ||

（注意，前后片倒数第二句可作上三下四，亦可上一下六。）

(73)　水龙吟　　　（双片，24 句，102 字）

□□□□□□ | □□□□□□◫ | □□□□ | □□□□ |
□□□◫ | □□□□ | □□□□ | □□□◫ | □ -
□□□□ | □□□□ | □□□ | □□◫ | □□□□□
◫ | □□□ | □□◫ | □□□□ | □□□□ | □□□

◫｜□□□□｜□□□□｜□□□◫｜□-□□□□｜
□□□□｜□□□◫‖

（注意，后片末句，往往中间有短顿，分作上一下三，或分作上三下一。另有一体，不录。）

(74) 永遇乐　　(双片，24句，104字)

□□□□｜□□□□｜□□□◫｜□□□□｜□□□□｜
□□□□◫｜□□□□｜□□□□｜□□□□□□◫｜
□□□｜□□□□｜□□□□□□◫｜　　　□□□□｜
□□□□｜□□□□□□◫｜□□□□｜□□□□｜
□□□□◫｜□□□□｜□□□□｜□□□□□□◫｜
□□□｜□□□□｜□□□◫‖

(75) 望海潮　　(双片，22句，107字)

□□□□｜□□□□｜□□□□□□⊟｜□□□□｜□□□
□｜□□□□□□⊟｜□□□□□⊟｜□-□□□□｜□□□
⊟｜□□□□｜□□□□□□□⊟｜　　　□□□□□□⊟｜
□-□□□□｜□□□⊟｜□□□□｜□□□□｜
□□□□□□⊟｜□□□□□⊟｜□-□□□□｜□□□□⊟｜
□□□□□□□｜□□□□□⊟‖

（另有一体，不录。）

(76) 沁园春　　(双片，26 句，114 字)

□□□□ | □□□□ | □□□□̲ | □ - □□□□ |

□□□□ | □□□□ | □□□□̲ | □□□□ | □□□□ |

□□□□□□□̲ | □□□ | □ - □□□□ | □□□□̲ |

□□̲ | □□□□ | □□□ | □□□□□̲ | □ - □□□□ |

□□□□ | □□□□ | □□□□̲ | □□□□ | □□□□ |

□□□□□□□̲ | □□□ | □ - □□□□ | □□□□̲ ||

（须注意，后片起句二字有时连起下面的四字句，合成一句，即第二字不入韵。）

(77) 摸鱼儿（摸鱼子，买陂塘）　　(双片，24 句，116 字)

□□□ | □□□◫ | □□□□□◫ | □□□□□□□ | □□

□□□◫ | □□◫ | □□□ | □□□□□□◫ | □□□◫ |

□ - □□□□ | □□□□ | □□□□◫ |　　□□□ |

□□□□□◫ | □□□□□◫ | □□□□□□□ |

□□□□□◫ | □□◫ | □□□ | □□□□□□◫ |

□□□◫ | □ - □□□□ | □□□□ | □□□□◫ ||

(78) 金缕曲（贺新郎，贺新凉，乳燕飞）

(双片，26 句，116 字)

□□□□◫ | □□□ | □□□□ | □□□◫ | □□□□□

(79) 六州歌头　　(双片，39 句，143 字)

(其余之体不录。)

第三节　关于新词

到宋代词的写作高度繁荣时期，词人一般仍都是按照一定曲调和相应词牌的文字样式——包括一定数目、一定长短度、一定平仄、一定次序的句子和一定位置的协韵韵脚——来“填词”。可是，依照词的已定字句样式来写作，越来越形成巨大的束缚。

随着曲调音乐在当时条件下，不能相传下来，词的写作就实际上不再是往一定曲调里填进字句，而是仅仅依照已定字句格式照猫画虎。这就更突出了字句写作的束缚性。可是，摆脱严酷的束缚、由写作者自己安排字句具体格律的要求，是终究压抑不住的。

北宋末期、南宋初期诗词家兼音乐家的姜夔，常作曲调；每作一首，由洞箫吹奏出来，配以词的字句，让“善歌声”的俞商卿唱和。① 这就是他说的“自度曲”，以创作出的曲调，带出字句格律自我安排的新途径。

此后，可惜无词人追随姜夔，也自度曲，自配以字句，自作适当的合律格局。可是自词的写作完全脱离了曲调音乐，变为只据前人词牌已定格局来“填”字句之后，间有个别写作者——虽然十分稀罕——借举“自度曲”为虚设的词牌，写出全依自己安排的合律字句格局。这种闯词合

① 据姜夔《白石道人歌曲》五《角招》词《序》：“（俞）商卿善歌声，稍以儒雅缘饰，予每自度曲，吟洞箫，商卿辄歌而和之。”

律写作新途径的新声，虽然很微弱，毕竟透露出一线突破束缚的希望之光。

到了当代，笔者认为，实在应当乘改革的浩荡东风，沿着前人已经开辟出的词作新格律途径，大步前进。1992年，笔者在当年出版的诗词集《南北咏痕》里，发表五首自度曲。数年后，在第二本诗词集《亚欧吟草》里，继续发表16首，并干脆将实际上虚无的前段标题“自度曲”换为“新词”。2007年，在第三本诗词集《兴迹》里，再继续发表新词17首。

“新词”的意思，指新体的词，以区别于历来一般使用的词体。后者不妨称之为旧体词。新词区别于它，就在于摆脱依照原有体制形样的自绑做法，自由选择与安排合于词基本体制的字句格律手段。新体词与旧体词的关系，可以与新诗和旧体诗的关系相比拟。新词的定名，也正是以两种相仿佛为基础。不过，新词和旧体词之间的关系，也有不少地方与新诗和旧体诗的关系大不相同。其中主要之处，乃是新词很像旧体词，它除了没有一般的词牌之外，整体音律格局和意义节奏，与旧体词是同样的，让人们完全感觉不到有什么不同。这是新词大大优胜于新诗的地方。

新词之所以保有旧体词一样的“词味”——词的气

格、风味，是由于其写作虽有具体格律成分方式选择、安排上的自由，却也必须遵守写作词的几个基本体格原则：（1）用长短句；（2）句内平仄须入律；（3）采用与旧体词一致的韵部和协韵方式；（4）句内可设短顿而安排下意义节奏；（5）字句总体以短小为主，字数一般可少至二三十，多至百余；字多，可分前后两片；（6）用字显白，造语平易。